KB000607

....

INSPIRATION

....

작가노트

김유미

날마다 차를 마시고 향을 피우고 도자기를 빚는다. 구름도 쉬어가는 한운리의 자연과 계절 속에서 아이를 키우고 정원과 텃밭을 돌보며 삶을 다듬어가고 있다. 이 시간들 안에서 무엇이든 담을 수 있는 좋은 그릇이 되리라 작게 믿는다.

토림도예

차 도구를 만드는 도자기 브랜드. 시간과 삶을 담는 다기를 지향하며, 2010년부터 토림土林 신정현 작가와 아림芽琳 김유미 작가가 함께 꾸려오고 있다.

차를 담는 시간

토림도예 도예가 노트

김유미 지음

오후의소묘

프 롤 로 그

도자기를 빚는 삶

도예가가 되기 전까지 나는 마치 굽을 깎지 않은 기물 같았다. 덕지덕지 붙어 있는 것들이 많아 머리도 삶도 무거웠다. 끊이지 않는 생각과 고민으로 늘 힘들었고, 원인을 알면서 방치하기도 했다. 쓸데없는 덩어리들이 그때는 꼭 필요한 부분처럼 느껴졌던 탓이다. 스스로 제 살을 깎는 노력과 고통을 감내할 용기도 내게 없었다.

그러다 지금의 남편이자 동료가 된 이를 만나 함께 작업을 하고, 결혼 후 산골짜기 시골에 살면서 많은 것들이 조금씩 깎여나갔다. 스스로 나아간 방향이라기보다는 자연스레 삶이 만들어준 방향일 테다. 계절마다 달라지는 풍경과 소리, 손을 대는 만큼 아름다워지는 정원, 그 안에서 함께 마시는 차, 주는 사랑보다 받는 사랑이 더 크다는 것을 느끼게 해주는 우리 집 반려동물들, 그리고 도자기를 업으로 삼고 일을 하며 만난 내 소중한 친구들, 그들 덕분에 만나게 된 존경하는 스승. 모두가 나를 더 좋은 형태의 사람으로 다듬어주었다. 깎이는 줄도 모르고 깎였다. 그리고 깎여가는 내 모습이 썩 마음에 들기도 한다.

차는 그저 개인의 기호가 반영된 음료만은 아니다. 차를 마시는 일에 '다도茶道'라는 용어를 사용하는 것처럼 차를 마시며 도자기를 빚는 삶은 몸과 마음을 수련하며 덕을 쌓는 삶이기도 하다.

깎이고 다듬어지고 시련도 겪으며 단단해지는 과정 끝에 아름답고 쓸모 있는 무엇이 되는 삶. 여전히 어려운 여정이지만, 이 시간들 안에서 언젠간 무엇이든 담을 수 있는 좋은 그릇이 되리라는 믿음이 있다.

오늘도 어제와 같이 차를 마시고 도자기를 빚었다.

일러두기

　맞춤법과 외래어 표기는 현행 규정과 국립국어원의 《표준국어대사전》을 따랐지만 일부 관례로 굳어진 것은 예외로 두었습니다.

　도예, 차, 향과 관련해 통상적으로 사용되는 용어를 썼으며, 용어 설명이 필요한 경우 주석을 달 았습니다.

　책은 《 》, 영화 등의 작품은 〈 〉로 묶었습니다.

3부 우리만의 리듬으로

1부

물레 앞에서

물 레 같 은 계 절

눈이 내린 날은 아침에 눈을 떴을 때 창문을 내다보지 않아도 알 수 있다. 소리로 안다. 아무런 소리도 나지 않아서. 한겨울에는 벌레 소리도 없고 집 앞 작은 개울도 얼어붙어 졸졸졸 흐르는 소리도 나지 않는다. 그럼에도 바람에 나무들 흔들리는 소리, 복실복실 살이 오른 겨울새들의 지저귐, 개들 짖는 소리가 들리곤 하는데 눈이 오는 날엔 그도 없이 적막만이 흐른다. 눈이 흡음 역할을 하기 때문인 것도 있겠지만 동물도 사람도 웅크리고 움직이지 않아서가 아닐는지.

시골에 살기 전에는 눈이란 오롯이 아름답고 기분 좋은 것이었는데 산 중턱에 터를 잡고 나서는 '적당히 와야만 좋은 것'으로 바뀌고야 말았다. 동네분들 대다수가 고령이기 때문에 눈을 치울 여건이 되지 않는 집이 많다. 우리 집 앞만이 아니라 동네 어귀까지 안전하게 이동할 수 있도록 하려면 대략 500미터 정도를 치워야 한다. 눈의 양이나 종류에 따라 다르지만 한 시간 반에서 두 시간 정도 걸린다. 이쯤 하면 택배 차량이나 우체국 오토바이도 원활히 다닐 수 있다. 어르신들은 장을 보러 나갈 수가 없으셔서 자식 내외분들이 때마다 물이나 식재료, 생활용품 같은 것들을 보내주신다고 하니 택배 차량은 이 동네에 중요한 자원 조달처다. 눈이 올 때마다 부지런히 쓸고 또 쓸어낸다.

올겨울엔 유독 눈이 자주 내렸다. 작년에 눈을 치운 기억이 한 번뿐인 것을 감안하면 작년에 내릴 눈이 올 한 해에 모두 내린 게 아닐까 싶다. 어제는 10센티미터 가량의 눈이 내렸다. 어느 정도 쌓이면 한번 쓸어줘야 다시 쌓이더라도 이후에 더 편하기 때문에 때를 보다 눈을 치우러 나갔다. 조금 일찍 깨어났던 개구리들은 다시 돌 틈 어딘가에 웅크리고 있는지 조용하다. 남편이 눈을 쓸기 시작하면서 적막했던 동네에 스윽스윽 넉가래 소리가 들리기 시작한다.

눈을 치우고 오니 다시 적막해졌다. 두꺼운 외투 속에 흐르는 땀을 닦고 더위를 식힌다. 자칫 감기라도 걸릴까 헛개나무차를 펄펄 끓였다. 깨끗해진 길과 나무 위에 쌓인 눈을 보니 기분이 좋아 커다란 머그컵에 차를 가득 담아 풍경을 감상하며 천천히 마셨다. 그러곤 물레 앞에 앉았다. 물레를 차자 작업장엔 모터 소리만 작게 들릴 뿐이다.

작업을 할 때 웬만해선 노래나 라디오를 듣지 않는다. 꼭 필요한 일이 아니면 대화도 하지 않고 각자의 작업에 집중한다. 정말 바쁘고 치열하게 돌아가는 세상에서 완전히 동떨어져 있는 느낌을 받을 때도 가끔 있다. 처음엔 뒤처지는 것 같고 멈춰 있는 것 같아 불안하기도 했는데 지금은 매일 큰 변화 없이 이렇게 돌아가는 일상이 좋다. 천천히 흘러가는 계절을 온몸으로 느끼며, 만끽할 수 있는 것들을 최대한 만끽하며 사는 삶.

계절도 물레처럼 매일 돌고 돈다. 오늘 쌓인 눈이 녹고 나면 숨었던 개구리들이 봄을 부르며 울어댈 테고 얼었던 낙엽 아래에서 냉이며 달래며 봄의 시작을 알리는 나물들이 자랄 테지. 이미 아래쪽에선 매화가 만개했다고 하니 곧 우리 동네에도 꽃내음이 가득한 계절이 다가올 것이다.

작 업 의   시 작

누군가는 기도를 하며, 누군가는 정갈하게 자리를 정돈하며, 누군가는 메모를 하며 작업을 시작한다고 한다. 어떤 질문이 떠오르면 만나는 사람에게 꼭 물어보는 버릇이 있는데 한동안은 작가를 만날 때마다 "작업 시작하기 전에, 혹은 눈 뜨자마자 뭐 하세요?"라는 질문을 던졌다. 작가뿐 아니라 차 선생님, 지인, 그리고 가족들에게도 물었는데 신기한 건 모두 다른 삶인데도 어쩐지 비슷하거나 겹치는 부분들이 있었다. 그런 대답을 들을 때마다 왠지 묘한 소속감이나 안도감 같은 것이 느껴진다. 나만 모르는 많은 것들이 우후죽순 생겨나는데 그럼에도 아침의 삶은 비슷하구나, 나도 크게 다르지 않은 삶을 살아가고 있구나, 싶어지는 것이다.

집과 작업실이 붙어 있어 일과 생활의 경계를 분리하는데 꽤나 어려움을 겪는다. 그래도 수년을 보내고 보니 방법이랄 게 생겼다. 신 작가는 일상복에서 작업복으로 갈아입는 것이 작업을 시작하기 위한 첫 단추라고 한다. 열 시에 출근(현관문을 열고 나가 5초 만에 작업실 문으로 들어가는 것)하여 옷을 갈아입는 것이 남편이자 아빠에서 작가로 바뀌는 순간이다. 점심을 먹으러 집에 들어와 있는 시간을 제외하곤 보통 저녁 일곱 시까지 작업복을 입고 있는 작가 모드가 유지된다.

반면 나는 그림을 그리는 날을 제외하곤 집에서 일을 하는데 출근의 개념이 그저 노트북을 여는 정도여서 어떤 방식으로 생활과 일의 경계를 만들어야 하는지 한참을 헤맸다. 문득 버튼 같은 것이 있으면 좋겠다는 생각을 했고 고심 끝에 찾아낸 방법이 향이다.

전부터 향을 사르고 향연을 바라보는 것을 좋아했다. 매주 서울을 오가며 향도를 배우고 각종 향을 찾아 접할 성도로 흠뻑 빠져 있었다. 당시엔 공부라 생각했지만 돌이켜보니 놀이에 가까웠던 것 같다. 그때는 모드 변경 같은 것은 필요 없고 그저 좋아해서 즐겼던 것인데 어쩌다 보니 지금 내게 딱 맞는 버튼이 되었다. 향에 불을 붙이려 라이터를 탁 하고 켜는 것도, 잠시 멍하니 향연을 보며 생각과 숨

을 고르는 것도, 나에겐 엄마와 아내가 아닌 작가로서의
태도에 불을 켜는 행위다.

이럴 때 꼭 함께 있어야 하는 것은 역시 차. 촉박한 일정
이 아니라면 차 한잔을 하며 일을 시작하곤 한다. 뜨겁게
펄펄 끓인 물로 정성을 다해 우려내고 잠시 멍하니 창밖을
보며 마시다가 숨을 크게 내쉬곤 작업에 들어간다. 주로 마
시는 차는 다르질링이나 암차류*. 가끔은 주전자 가득 끓이
는 대용차나 간편한 티백으로도 즐긴다. 바쁜 날엔 현미녹
차 같은 티백도 아주 맛있는 한잔이 되어준다. 작업을 마칠
때도 마찬가지. 작가로 가는 모드 변경을 위해 향이 필요했
다면 엄마로 돌아오는 모드 변경에는 차가 필요하다.

---

* 중국 푸젠성福建省 우이산武夷山에서 나는 차를 통칭하며, 향이 그윽하고 맛이
다양하다.

나 의 길 이

하루의 루틴으로 향을 사른다. 오전 열 시, 밤 아홉 시. 엄마에서 작가로 바뀌는 시간이다. 매일 이렇게 향을 사르다 보니 좋아하는 선향을 찾으면 한가득 구비한다. 그러곤 5센티미터 남짓한 길이로 잘라둔다. 이 정도 길이면 딱 내가 원하는 시간만큼 타고 꺼진다. 덜하면 아쉽고 더하면 불편해진다. 사람마다 각자의 길이가 있다. 나의 길이는 5센티미터. 너무 길지도 너무 짧지도 않은, 내게 딱 맞는 이 길이가 만족감과 평온함을 찾아준다.

그 릇 의   크 기

사람을 묘사할 때 '그릇이 크다, 그릇이 작다'라는 표현을
쓴다. 그릇을 만드는 이로서 참 좋아하는 말이다. 그리고
도자기를 만들 때마다 생각한다. 나의 그릇은 크기가 얼마
나 될까?

 도자기를 만드는 일은 생각보다 지루한 시간의 반복이
다. 가마를 열기 전까지 기물의 결과를 알 수 없어 매 단계
마다 다듬고 다듬고 다듬는 일을 계속한다. 한 번이라도
손을 더 댄 기물은 미세한 차이지만 마감이 훨씬 좋다.

 도자기를 만들기 위해서는 원하는 형태의 물레를 차고
나무판에 옮긴 뒤, 계절에 따라 다르지만 보통 하루에서
사흘 정도 말리는 시간을 갖는다. 수분이 어느 정도 날아
가 단단해진 기물을 굽통*에 얹고 칼로 굽을 깎아낸다. 그
러고 수분이 거의 다 빠질 때까지 다시 말리는데 여름에는

2주를 두어도 마르지 않을 때도 있지만 가을, 겨울엔 이틀이면 초벌을 할 수 있을 정도로 충분히 마른다. 초벌을 때기 전 일차적으로 다듬는데 굽을 깎으면서 칼이 지나간 자리나 흙에 박혀 있는 이물질을 제거해 주는 단계다. 어디서 필지 모르는 철점**도 닦아낼 수 있고 은근한 요철도 부드럽게 만들어준다. 다 다듬고 나면 초벌을 땐다. 초벌을 때는 이유는 유약을 바르기 위해서인데 유약은 물과 광물질을 섞어 고온에 소성***을 하여 유리질화****하기 위한 것이다. 초벌을 때고 나온 기물은 뽀얗게 분홍빛이 도는 토기 상태가 된다. 이때도 가마 안에서 앉았을지 모를 먼지를 제거하기 위해 또 다듬는 시간을 거친다. 그러고 나서 유약을 바른 뒤 재벌을 땐다. 재벌은 1250도에서 1300도까지 올라가기 때문에 가마를 식히는 데도 꼬박 하루가 걸린다. 식힌 가마를 열고 기물을 해임*****한다. 마지막으로 굽을 부드럽게 다듬는 단계까지 거쳐야 완성이 된다.

---

*　굽을 깎을 때 그릇을 받치는 통으로 기물의 종류에 따라 다른 형태의 굽통을 만들어 사용한다.

**　흙 안에 포함된 철 성분이 가마를 때며 까맣게 점으로 피어나는 것.

***　가마에 넣어 광물류를 굽는 것.

****　투명하고 균일하게 기물의 표면을 덮는 것.

*****　가마에서 기물을 꺼내는 것.

　하나의 기물을 기준으로 할 때 별다른 일이 없다면 물레를 차고 굽을 다듬어 완성하는 데까지 걸리는 시간은 1주일에서 2주일 정도. 이 지난한 시간들을 매일, 매주, 매달 반복하다 보면 어느새 내가 다듬는 건 도자기가 아니라 나 스스로가 아닐까 하는 생각마저 든다.

　기분이 아주 좋은 상태에서도, 또 반대로 바닥을 뚫고 들어간 상태에서도 도자기는 만들어야 하고 이 긴 반복의 시간 속에서 어느 순간 평정을 느낀다. 이쯤 되니 그릇의 크기를 가늠하는 일보다 그릇을 만드는 행위 자체가 중요해진다. 어차피 타고난 그릇들이야 모두 다를 테고 크기보다는 얼마나 잘 만들어진 그릇인가가 중요하지 않을까? 아무리 크더라도 깨진 그릇이면 말짱 도루묵이고 작더라도 단단하고 옹골차 그 안에 어떤 것이든 잘 담아낸다면 되지 않을까? 오늘도 도자기를 다듬으며 나를 다듬는다. 완성된 결과물이 단단하고 아름답길 바라며.

한 곳 에   오 래

지난날들을 돌아보면 언제나 시도의 연속이었다. 도전이라기엔 너무 거창하고 언제든지 발을 뺄 수 있을 정도로 살짝 간 보는 듯한. 누구는 그런 가벼운 마음이라면 시도도 하지 말라고, 더 깊이 들어가 치열하게 해야 한다고, 또 실패도 해보아야 한다며 나의 태도에 대해 한마디씩 했다. 실패가 쌓이면 경험이라는 말이 있긴 하지만 나는 실패란 것에 유난히도 타격을 크게 받고는 했다. 실패해도 괜찮음을 알기까지는 많은 눈물의 날들이 있었다.

이런 내가 10년 넘도록 빠져 있는 것이 도자기다. 도자기를 만드는 게 직업이니 당연한 말 아닌가 싶지만, 직업 자체를 사랑하는 사람이 내 주위만 봐도 생각보다 많지 않은 것을 감안하면 신기한 일이기도 하다. 처음 흙을 만졌을 때, 화투 패를 잡으니 피가 도는 느낌이었다는 영화 〈타짜〉의 대사처럼 나는 내가 흙을 좋아하게 되리란 걸 알

았다. 따뜻하고 부드러운 물성이 주는 느낌이 좋았다. 도예가가 되지 않았다면 취미로라도 계속해서 작업했을 게 분명하다. 내 휴대폰의 사진첩엔 전부 딸아이와 도자기뿐. 무심결에 찾아보는 영상도 누군가가 도자기를 만드는 것이다. 문인화나 킨츠기金継ぎ*를 배우는 것도, 마케팅에 관련된 책을 읽는 것도 모두 도자기로부터 기인했다. 신기하다. 내 삶의 목적과 방향이 한곳에 오래 머물러 있다는 것이.

토림도예를 시작하기 전, 왜 이렇게 도자기가 좋을까 자문해 본 적이 있다. 도자기는 살짝 간 보는 듯한 나의 태도와 어쩐지 닮아 있다고 느꼈다. 의도대로 나온 결과물은 '음, 역시 나의 의도대로 되었군' 하고, 의도치 않은 결과물들은 '음, 의도와는 다른 결과물이 나와버렸군' 하면 그만인 것이다. 그저 실패를 외면하는 것이라고 생각해도 어쩔 수 없다. 한 가지에 깊게 빠져 열정적으로 해내는 사람도, 시도조차 해보지 않는 사람도, 그리고 나같이 어중간한 태도의 사람들도 각자 자신만의 방법이 있을 뿐이다. 그리고 도자기에는 이 모든 태도가 다 담겨 있다.

* 깨진 도자기를 수선하는 일본의 전통 공예 기법.

직 업 으 로 서 의   도 예 가

좋아하는 소설가로 무라카미 하루키를 꼽는다. 글도 글이
지만 글을 쓰는 그의 태도가 좋다. 《직업으로서의 소설가》
나 《달리기를 말할 때 내가 하고 싶은 이야기》를 읽으면 어
떤 생각과 정신으로 글을 쓰며 삶을 살아가는지가 잘 보인
다. 그 태도는 곧 나와 신 작가가 도자기를 대하며 살아가
는 삶과 비슷해서 토림도예에 대해 얘기할 때 훌륭한 예시
가 되어준다.

무라카미 하루키는 새로운 일을 시작할 때 다음과 같은
세 가지 질문을 스스로에게 던진다고 한다.

내적 즐거움을 충분히 가지고 있는가?
기초 체력이 몸에 잘 배어 있는가?
어떤 한계에 부딪혔을 때 자신을 뛰어넘을 실력을 가지
고 있는가?

우리 역시 이 세 가지를 기준으로 지금까지 작업을 지속해 오고 있다. 종종 다시 초심이 필요할 때마다 꺼내보는 질문이기도 하다.

첫 번째, 내적 즐거움. 아무도 알아주지 않고 판매 역시 전무했던 시절에도 작업을 하는 행위 자체를 즐겼다. 넓고 편한 작업실도 없었고 더위와 추위를 온몸으로 겪어가며 작업해야 했는데도 가장 즐거웠던 기억으로 남아 있다. 그리고 지금도 그때와 같은 마음이다. 작업실에서의 시간이 편하고 즐겁다. 작업을 하지 않는 시간에도 머릿속은 늘 새로운 작업들에 대한 생각으로 가득하다.

두 번째, 기초 체력. 도예가에게 일이란 척추와 관절, 근육과 피부를 깎아가며 무언가를 만들어내는 것이다. 작품에 작가를 갈아 넣는다는 표현을 종종 쓰곤 하는데 정말 말 그대로 갈아 넣는 것이니 흐트러진 몸을 바로 세울 무언가가 필요하다. 일을 하면 할수록 체력과 정신력이 깎이니 일과 관련되지 않은 것으로 깎인 부분을 채워야만 한다. 작업이라는 장기전을 위한 가장 쉬운 방법은 운동일 테다.

세 번째, 한계를 뛰어넘을 실력. 실은 매일이 한계라고 느낀다. 특히나 물레 작업을 담당하는 신 작가는 약속한 날짜에 맞춰야 할 때면 빠듯한 시간에 자신을 몰아붙이곤 한다. 물레 작업을 할 땐 음악도 틀지 않고 말도 없이 홀로 긴 시간을 앉아 있는다. 한번은 '여기가 마지막이야. 이 이상은 도저히 못하겠다' 싶어 고개를 들었는데 여전히 작업해야 할 수량이 한참 남은 것을 보고 크게 힘들었다는 이야기를 후에야 들려주었다. 무릎이 아프고 어깨가 아프고 손가락과 손목이 아픈 것은 당연지사. 그럼에도 짧게 스트레칭을 하고 다시 앉아 작업을 이어나갔다는 말에 작가로서, 아내로서 존경과 안쓰러운 마음이 함께 들었다. 한계는 누구에게나 온다. 체력이냐 실력이냐, 무엇이 먼저인지는 다르지만 그 한계를 뛰어넘는 실력은 바로 한계가 왔음에도 멈추지 않고 계속해 내는 꾸준함에 있을 것이다. 실력이란 완만하게 올라가는 상승이 아니라 어느 순간 크게 한 계단을 뛰어넘는 듯한 상승으로 이뤄지고, 멈추는 순간 그 다음은 멀어지게 마련이다.

도예가는 몸도 마음도 건강해야 한다. 시작은 쉽다. 이 것을 길게 지속해 나가는 것은 쉽지 않은 일이다.

소설 한두 편을 써내는 건 그다지 어렵지 않아요. 그러나 소설을 오래 지속적으로 써내는 것, 소설로 먹고사는 것, 소설가로서 살아남는 것, 이건 지극히 어려운 일입니다. 보통 사람은 일단 못할 짓, 이라고 말해버려도 무방할지 모릅니다.

—무라카미 하루키, 《직업으로서의 소설가》, 양윤옥 옮김, 현대문학, 2016.

즐 거 움   없 이 는

잘하는 일을 첫 번째 직업으로, 좋아하는 일을 두 번째로
두라는 얘기를 심심치 않게 들어왔다. 반골 기질이 있었는
지 딱히 잘하는 일이 뭔지도 좋아하는 일이 뭔지도 몰랐던
어린 시절부터 말도 안 되는 얘기라며 왜 그래야 하느냐 반
문하곤 했다. 여전히 그 생각엔 변함이 없다.

　고등학생 때부터 미대 진학을 준비하는 친구들과 같은
반이었고 공예를 전공해 꾸준히 예술 계통의 일을 하며 살
다 보니 주위에 비슷한 직업군의 사람들이 많다. 자연스레
직업에 대한 생각이나 관점, 나아갈 방향 같은 것을 나눌
일이 잦은데 작가로서의 입지, 경제적 능력과 상관없이 본
인의 직업과 작업에 관련된 이야기를 할 때의 표정은 누구
나, 언제나 아주아주 반짝인다. 이 작업은 이런 재료로 구
현해 보니 재미있더라거나 작품의 방향이 어떻게 저떻게
바뀌며 발전해 왔는지, 앞으로의 계획과 목표는 무엇인지

등등…. 아아, 좋아하는 일과 잘하는 일이 같은 사람들의 눈빛은 저렇게 반짝이는구나, 삶에 생기가 가득한 눈빛이구나. 그런 생각을 하며 나의 모습도 저렇게 비칠까 궁금해지곤 한다.

도자기는 반복 작업의 결과물이다. 똑같은 형태를 계속해서 만드는 우리 같은 작업 스타일이라면 더더욱 그렇다. 매일 같은 형태의 물레를 차고, 같은 유약을 바르고, 같은 동선에서 같은 움직임을 반복한다. 하루 종일 작업실에서 움직인 것이 전부인 날에는 총 걸음 수가 2000보가 안 될 때도 있다.

종종 친구들이 몸과 마음을 쉬러 우리 집에서 몇 날 며칠 머물러 가는 때가 있는데 친구들의 쉼과는 별개로 우리의 일상은 계속되어야 하기 때문에 열 시 출근은 꼭 지킨다.(퇴근 시간은 없는 것이다….) 아이를 등원시키고 분주했던 아침의 흔적들을 정리한 뒤 창문을 열어 환기를 하며 향을 하나 태운다. 며칠 우리의 일상을 지켜보던 친구가 한마디한다. "좋아서 하는 거 아니면 못 살 삶이네!"

그렇다. 좋아서 하지 않는 이상 유배 생활이라고 부를

만한 것이다. 그 흔한 배달음식이나 테이크아웃 커피조차 없는 시골에서 매일이 똑같은 일상의 반복이라니.

그런 곳에서 무척이나 섬세하고 창의적이며 공들여 만 든, 그래서 그 방면으로는 더 바랄 나위가 없는 그런 작 품을 보았어요. 누가 뭐라고 반박하든 나는 이렇게 당 당히 주장할 수 있습니다. 인간의 독창성으로 그런 작 품을 만들어내려면 그것을 구상하는 머리와 직접 주조 하는 손과 더불어 세 번째 요소인 즐거움이 없이는 불가 능하다고 말입니다.
—윌리엄 모리스, 《아름다움을 만드는 일》, 정소영 옮김, 온다 프레스, 2021.

내가 살아가고 있고 앞으로도 살아가고 싶은 삶. 오로지 머리와 손으로 일궈온 지금이고 이변이 없는 한 나의 생은 앞으로도 그럴 것이다. 여기에 좋아하는 것에 대한 즐거움 이 없었다면 지금까지의 삶에 '삶(살아 있음)'이라 부를 만한 것이 과연 존재했을까?

언젠가 인터뷰에서 작가로서의 삶을 시작하는 학생들에 게 해주고 싶은 말이 무엇인지 질문을 받았다. 그때도 지금도 내 대답은 한결같다.

"좋아하는 일을 하세요. 좋아하는 작업을 하세요. 좋아서 만든 것들은 티가 나요. 그리고 그 마음을 사용자들이 느낀답니다."

작 품 을   산 다 는   것

작품을 사는 것은 그 사람의 인생을 사는 것이라는 말을 들은 적이 있다. 신선한 충격으로 다가왔다. 자신의 삶과 그것이 연결된 작품에 대한 이야기를 작가 스스로 해야 한다는 것이었는데, 동시에 내 삶을 돌아보게 됐다. 부족한 부분이 너무나 많게 느껴졌다. 갖고 있는 것이 많음을 알고 있으면서도 왜 사람은 작은 부족함을 더 크게 보는지, 참 어려운 일이다.

도자기를 만들어 그것을 파는, 그러니까 내 인생을 파는 일을 하고 있다. 그리고 내가 판 것이 누군가에게 소중한 물건이고, 시간이고, 추억이 될 수도 있다. 이런 생각에 도달하니 내 삶을 좀 더 다듬고 가꾸어야겠다는 깨달음을 얻었다. 도자기를 만드는 내가 좋은 삶을 살아야 그것을 사는 사람에게도 좋은 삶이 묻어나리라는 믿음이라 해도 좋겠다.

마당엔 철마다 피고 지는 꽃과 나무가 있고 때마다 다른 새들이 다른 목소리로 지저귄다. 신기하게도 요즘엔 읽는 책마다 밑줄이 죽죽 그어진다. 전에는 책을 들춰보고서 누군가 나를 판단할까 두려워 책에 밑줄 칠 생각도 하지 못했는데. 이제는 안다. 작품이 나를, 내 삶을 보여주고 있다는 것을.

차 를 담 는 시 간

오늘 가마를 열었다. 별일이 없다면 보통 토요일에 가마를 때서 일요일에 가마를 식히고 월요일에 가마를 연다. 가마를 여는 날은 눈을 뜬 순간부터 설레기 시작하는데 마치 크리스마스 트리 아래에 놓인 선물을 열어보는 것 같다.

 100도 아래로 식혀 가마를 열어도 기물들은 여전히 뜨겁기에 우선 눈으로 상태를 확인한다. 색은 적당한지 톤은 균일한지, 톤이 다르다면 어느 위치에 어떤 문제가 있는지를 파악하고 기물을 꺼낼 수 있는 상태가 되면 가마를 해임한다. 나무판 위에 하나하나 옮기면서 기물의 상태가 이상하다 싶으면 두드려가며 소리로도 확인해 본다. 제대로 나온 기물에선 기분 좋은 종소리가 들리고 금이 간 기물은 추없는 종처럼 틱틱 소리가 들린다. 가마를 재임*할 때 색상

* 가마에 기물을 넣는 일.

별로 넣기에 꺼낼 때도 색상별로 묶어서 꺼낼 수 있다. 굽을 갈고 나란히 같은 색으로 줄 서 있는 기물들을 보면 곳간에 곡식이 가득 찬 듯 기분이 좋다.

똑같은 색상, 똑같은 형태, 똑같은 크기의 기물들 사이에 종종 툭 튀어나온 알 수 없는 것들이 끼여 있곤 한다. 샘플을 만들어본 것이거나 신 작가가 아닌 다른 누군가가 만든 것들이다. 만든 이가 남긴 모든 손길을 기억하는 기물들을 보고 있노라면 피식 웃음이 새어 나온다. 개구리가 울 때 찾아온 지인들의 손길이다.

우수와 경칩 사이에 깨어나는 개구리들은 달력도 없을 텐데 매년 기가 막히게 같은 시기에 울어대는 걸 보면 참 신기하다. 봄과 가을이 일상생활을 하는 데 가장 좋은 계절인 것처럼 작업을 하기에도 최적의 기간이다. 흙이 차갑지 않아서 물레를 차기가 힘들지 않을뿐더러 습도나 온도도 적당해 원하는 속도로 작업을 이어나갈 수 있다. 게다가 봄이 오면 부쩍 안성까지 방문하는 손님이 늘어난다. 경기도 끝자락에 위치해 서울에서도 당일로 다녀가기에 부담 없고 드라이브하기에 좋은 길들이 있어 손님이며 친구들, 가족들이 가장 많이 방문하는 때다. 덩달아 나의 부엌과 차실, 작업실도 분주하게 돌아간다.

　외진 산골이라 배달음식도 없는 데다 이 깊은 곳까지 와주었다는 고마움에 못하는 솜씨지만 열심히 준비해서 한 상 차려낸다. 메인 요리 하나, 국 하나, 자잘한 반찬 몇 가지 준비할 뿐인데, 요리에 서툰 나는 서너 시간은 훌쩍이다. 여행처럼 생각하고 방문하는 친구들에겐 맛을 떠나서 그저 자유롭고 홀가분한 한 끼인 것 같다. 이제 차실로 자리를 옮겨 차를 마신다. 사람에 따라 나누는 대화도, 마시는 시간도 천차만별이다. 누구는 몇 잔 마시지 않아도 자리가 끝나고 어떤 친구는 저녁부터 시작한 자리가 새벽이 지나서도 끝나지 않아 이제 그만 자자고 말을 해야만 한다.

　이야기가 잘 통하는 이들과의 대화는 날이 새는 줄 모르고 참으로 즐겁다. 지난날의 실패와 후회를 이야기하기보다 앞으로의 날들을 꿈꾸는 대화 속에 가끔은 어디 적어두고 싶을 정도로 멋진 말들이 오가곤 한다. 나의 앞날이 이들과 함께라는 것이 참 고맙고 기대된다. 이번 주엔 봄을 맞아 친구들이 놀러 온다. 또 어떤 시간들과 이야기들이 찻잔에 담길지 설레기 시작한다.

물레 차기

물레에 흙을 붙인다. 형태를 생각하며 스케치
한 종이를 앞에 붙여두고 의자에 앉는다. 10킬
로그램 남짓한 흙덩어리가 하얀 캔버스처럼
보이는 순간이다. 어느 것으로도 만들어질 가
능성이 가장 많은 때, 그리고 작가에겐 가장
고심하게 되는 때이다.

'물레를 찬다'라는 표현은 옛날 물레를 발
로 차면서 돌렸던 행위에서 유래되었다. 지금
은 전기로 페달을 밟아 속도를 조절해 가며 작
업을 하니 옛날보다는 작업이 쉬워졌을 테다.
물레를 차며 무슨 생각을 하느냐는 질문을 종
종 받지만, 정말 아무런 생각도 하지 않는다.
오히려 잡생각을 많이 한 작업은 만든 자만 알
수 있는 부분이지만 결과물에서도 티가 난다.
웬만해선 라디오를 켜거나 음악도 듣지 않는
다. 고요함이 주는 집중을 좋아한다. 일률적
으로 반복되는 지난한 행위 속에서 무념과 무

상을 경험한다. 우스갯소리로 매일 면벽수행을 하는 중이라고 말하는데 지난 시간들을 돌이켜 보면 마냥 웃기도 어렵다.

물레에 흙을 붙인 후에는 손바닥을 사용해 흙을 쳐댄다. 중심을 잡지 않은 채 돌아가는 흙덩어리는 사방으로 도리질 치며 움직인다. 흙이 잘 붙어 있지 않으면 이때 저 멀리 날아가 버리는 흙덩어리를 볼 수 있다. 한숨 크게 내쉬고 물 묻힌 손을 댄다. 의지와 상관없이 손도 함께 도리질 친다. 울퉁불퉁한 흙의 방향대로 이리 움직이고 저리 움직이며 기술로, 힘으로 어르고 달래 점차 중심을 잡아간다. 몇 번이고 오르내리다 보면 이내 고요한 중심을 찾는다. 중심이 잘 잡힌 흙은 가만히 손을 대고 눈을 감은 채 물레를 돌려도 손에 움직임이 없다. 미끄러지듯 손에서 돌아가는 흙의 감촉이 부드럽다. 이제 마음을 다잡고 구멍을 뚫는다. 흙의 가장 꼭대기, 가운데에 엄지손가락으로 살짝 힘을 주며 누르면 기다렸다는 듯 구멍이 생긴다. 아차 하는 순간 빨리듯이 손가락이 들어가기 때문에 기물의 크기를 생각하며 그보다 작은 구멍을 뚫어야 한다. 점차 원하는 크기대로 흙을 잡아간다. 구멍도 넓히고 옆으로 벌리기도 하고 집

중해서 기벽의 두께를 잡아 올린다. 물레를 찰 때는 외부 형태
도 중요하지만 내부가 더 중요하다. 내부 형태는 오로지 물레
를 찰 때만 손볼 수 있다. 외부는 아무리 두껍거나 이상한 선을
갖고 있어도 굽을 깎으며 다듬어갈 수 있다. 이제 굽을 깎을 아
랫부분을 두툼하게 남기고 줄로 툭 끊어 나무판에 올린다. 앞
서 만든 기물들이 줄을 지어 서 있다. 물레 앞 창문으로 들어오
는 햇빛이 동그랗게 줄 선 기물들을 만나 멋진 패턴을 만들어
낸다.

굽 깎기

물레를 차두었던 기물이 굽을 깎기 적당하게
말랐다. 여름에는 오랜 시간을 두어도 마르
지 않을 때가 많지만, 그 외의 계절엔 온습도
를 조절해 주며 원하는 타이밍을 맞춘다. 작가
마다 깎는 타이밍이 다르다. 수분이 어느 정도
남았을 때 깎는지, 수분을 아예 날리고 갈아내
듯 깎는지는 도구에 따라, 작품에 따라 다르
니 정답이 없다.

굽을 깎기 전 도구를 정리한다. 굽칼을 꺼
내 나란히 늘어놓고 물레를 찬 기물들이 올려
져 있는 나무판을 가지고 온다. 물레를 찰 때
함께 만들어둔 굽통을 물레에 붙인다. 굽을 깎
기 위해 정리하는 이 시간은 내 마음까지 정갈
해진다. 내부 형태가 어느 정도 일정해야 무리
없이 굽통을 사용해 굽을 깎을 수 있다.

첫 번째 기물을 깎는다. 오랜 시간 작업해
왔음에도 한 가지 기물만 만드는 것이 아니기

때문에 크기와 형태를 잡는 데 익숙해지기까지는 대략 열 개 정도를 깎아 보아야 한다. 같은 형태를 반복해서 깎다 보면 자나 지름을 재는 캘리퍼스 같은 측량 기구를 사용하지 않아도 일정한 크기를 만들어내기 시작한다. 먼저 굽의 높이와 지름을 맞춰 깎는다. 동시에 옆면도 깎아가며 두께를 조절한다. 우리의 작업은 물레를 찰 때도 얇게 차는 편이지만 굽을 깎으며 더 얇은 기물을 만들어간다. 동그랗게 돌아가며 칼국수 면처럼 잘린 흙들이 날아간다. '굽밥'이라고도 불리는 이것은 정식 명칭은 아니지만 도자기를 만드는 사람이라면 모두들 아는 단어다. 굽밥을 모아 다시 토련土鍊* 해 사용할 수도 있다. 굽을 다 깎고 서명을 한다. 다 깎은 기물들은 조금 커 보인다. 가마를 때며 수축하는 것을 계산해 완성됐을 때 원하는 사이즈보다 크게 만들었기 때문이다. 키도 크고 배도 뚱뚱해 보인다. 칼이 지나간 자국들이 남아 있다. 흙이 마른 상태기 때문에 세지 않은 힘에도 쉽게 부서진다. 가끔은 보이지 않게 살짝 금이 간 것이 나

---

*   흙의 수분과 입자를 균일하도록 반죽하는 일. 기계를 사용하거나 발로 밟아서 한다.

중에 가마를 때며 드러나기도 한다. 조심조심 다뤄야 할 때다.

　밤에 굽을 깎을 땐 물레의 모터 소리와 함께 굽 깎는 소리만 들려온다. 형태의 군더더기를 덜어내기 위한 작업이니만큼 여러모로 나를 덜어내는 작업이 되기도 한다. 과하게 흘러넘치는 생각이나 말들을 돌이키며 덜어낸다. 굽이 깎여 나가는 동안 모났던 나도 함께 깎여 나간다.

꾸미고 다듬기

흙물을 얇게 발라 쌓아 올리는 '양각' 작업은 굽을 모두 깎은 뒤에 한다. 기물이 꽤 마른 상태에서 수분이 많은 흙물을 올리는 것이기 때문에 여러 가지 실패 요소를 안고 가는 작업이다. 서로 마르는 시간이 달라 금이 가는 경우가 잦고 갑자기 많은 수분을 머금게 되는 흙은 무너지기도 쉽다. 기물을 조심스레 집어 올려 살짝 스케치를 하고 천천히 흙물을 쌓아간다. 붓으로 한 겹 한 겹 올리면서 원하는 형태와 두께를 잡기까지는 많은 연습이 필요했다. 양각 작업을 마치면 천천히 건조의 시간을 거친다. 건조 정도가 다른 기물을 말릴 땐 여유를 두고 오랜 시간을 들이는 것이 좋다.

다 마른 기물들은 약간의 물기를 머금은 스펀지로 닦아준다. 굽을 깎을 때 칼날이 지나간 자국, 손자국, 여타 이물질들을 한번 닦아낸다. 기벽이 부드러워진다. 입술을 대는 전 부

분도 어느새 매끄럽게 부드러워져 있다. 별것 아닌 듯한 이 공정이 후에 완성도를 좌지우지하는 부분이 된다. 흙물을 올릴 때와 마찬가지로 흙이 마른 상태인 데다 얇게 작업하는 우리의 특성상 여러 공정 중 가장 불안한 단계이기 때문에 굉장히 조심스레 작업해야 한다. 살짝만 잘못 집어도 '툭' 하는 느낌과 함께 금이 가버린다. 또 덜 마른 기물들은 기물을 잡기 위해 힘을 주었던 방향을 기억하며 가마 안에서 그 방향대로 휘기도 한다. 처음엔 어느 정도 힘을 줘야 할지 몰라 여러 번 부수기도 하고 휘게 만들어낸 것들이 많다.

　도자기는 만드는 이의 모든 손길을 기억한다. 집중을 놓아선 안 된다.

초벌 때기와 그림 그리기

첫 번째 불을 붙인다. 아직 덜 마른 기물도 있기에 처음엔 가마 문을 열고 불을 붙인다. 흙과 불이 만나 마구 뿜어내는 수분이 가마의 수명을 단축시키는 요인이 된다. 가마 문을 살짝 열어 수분이 날아가도록 해야 오래 쓸 수 있다. 수분이 얼추 빠진 300도 정도에 문을 닫는다. 작가마다 초벌의 온도도 모두 다르다. 보통 800도 전후인데 400~600도에 흙이 변화한다. 이때 온도가 올라가는 시간과 불의 세기를 파악하며 집중해서 가마를 땐다. 우리는 860~880도 정도로 초벌 온도를 잡는다. 기물에 따라 불을 빠르게 올릴 때도 있고 아주 천천히 올릴 때도 있다. 접합 부위가 많은 다관이 들어 있는 가마는 신경 써서 더욱 천천히 온도를 높인다. 속까지 잘 구워져야 나중에 재벌을 땔 때 문제가 생기지 않는다.

초벌 가마에서 갓 꺼낸 기물들은 흡사 아기

돼지 코 같은 분홍빛이 돈다. 분홍색을 좋아하지 않는데도 초 벌기의 연분홍빛은 나를 설레게 한다. 종류별로 나란히 늘어서 있는 초벌기들을 보고 있자면 벌써 곳간을 다 채운 듯 든든하 다. 물레 작업을 도맡아 하는 신 작가는 초벌을 때고 나면 한가 로워진다. 이제부터는 내가 바빠지기 시작한다. 가마에서 나 온 초벌기를 분류하고 물 먹인 스펀지로 혹시 모를 이물질들을 닦아낸 후 그림을 그린다. 주문을 받은 리스트를 확인하고 수 량을 체크한 후 여유분을 두고 그려나간다. 청화 안료를 사용 하는데 농도를 조절해 가며 주로 포도와 버들을 그린다. 그림 그리는 것을 좋아하는 나로서는 시간에 쫓기지만 않는다면 매 일매일 하고 싶은 작업이기도 하다.

　매 가마마다 좋아하고 관심이 있는 것들을 한두 가지라도 넣 어보려고 한다. 같은 것만 수십 개씩 그리는 사이사이에 나만 의 쉬어가는 방법이다. 가끔은 한없이 늘어져 있는 고양이를 그리기도 하고 열심히 작업 중인 남편의 모습을 그리기도 한 다. 애정이 담긴 것들을 그리면 결과물의 완성도와 상관없이 그리는 과정에서 만족감을 얻는다.

시유

뽀얀 초벌 기물들이 나왔다. 사이좋게 늘어선
분홍색 기물들이 어떤 옷을 입게 될지 기대하
며 기다리는 것 같다. 백자를 제외한 나머지는
내부와 외부를 다른 유약으로 시유한다. 처음
엔 색이 있는 유약도 덤벙시유*를 했는데 차를
마시며 사용해 보니 수색을 확인해야 할 때가
많았다. 이후 색상이 있는 기물은 내부가 백색
이 되도록 이중시유를 하기 시작했다. 유약의
농도와 기물이 담겨 있는 타이밍도 중요하기
때문에 한 사람이 이 작업을 계속 맡아서 한
다. 토림도예의 시유 담당은 나. 시유를 하는
날엔 앉았다 일어서기를 반복한다. 고개를 숙
인 채 작업을 계속하다 보면 어깨가 찌릿하게
아파온다. 적당히 타이밍을 끊어가며 스트레
칭도 하고 몸을 펴줘야 하는데 머리로는 알면
서도 이상하게 실천이 안 된다.

* 유약에 덤벙 담갔다가 빼내어 내외부가 같은 색이 된다.

　시유를 하고 나면 기물이 하얗거나 검붉은 톤으로 변한다. 어떤 옷을 입었는지는 작업한 사람이 아니라면 도무지 예상할 수 없다. 도자기를 만드는 일은 마치 사람의 일생 같다. 사람이 태어나 중심이 단단하게 잘 잡히고 이런저런 일을 겪으며 모난 곳이 깎이다가 꼭 맞는 옷을 찾아 입고는 그제야 완성이 되는 삶. 불을 때고 나면 기물이 더 견고해지듯 고난을 겪고 나면 사람도 단단해진다.

　옷을 잘 입힌 기물들이 서로 닿지 않도록 가마에 다시 재임한다. 가득 찬 가마를 보면서 이번 작업도 끝이 다가왔음을 느낀다. 한숨 돌릴 시간이다.

재벌 때기

1290도. 재벌의 온도다. 작가마다 다르지만, 꽤 높은 온도에 속하는 편이다. 원하는 톤과 질감을 찾다 이렇게 높은 온도를 고수하게 되었다. 재벌은 도자기를 만드는 과정 중 가장 마지막이다. 쉼 없이 물레를 차고, 굽을 깎고, 다듬고, 그림을 그리고, 초벌을 때고, 유약을 입힌 뒤 재벌 불을 올리고 나면 쉴 수 있다. 아니, 일부러라도 쉬는 날이다. 쉬면서 시간에 맞춰 불을 올리고, 시간을 재며 온도를 체크하고 그래프를 그리고…. 13~14시간 정도 불을 때는데 학생 때는 가마실에 모여 앉아 술과 안주를 즐기기도 했지만, 직업이 되고 오롯이 내 일이 되고 나니 그럴 여력이 없다. 쉰다는 것은 다음 사이클을 위한 재정비의 시간이기도 하니까.

보통은 토요일에 재벌 불을 올린다. 토요일 오전에 불을 붙이고 밤늦게까지 불을 땐다. 이렇게 꼬박 14시간 불을 때고 나면 식는 데에는 24~28시간이 걸린다. 그럼 월요일 오전에는 가마를 열 수 있다. 걱정도 되고 설레기도 하고 가장 궁금하기도 한 시간. 매번 같은 패턴으로 작업을 하고 같은 속도로 가마를 때도 결과물이 달라질 수 있는 요인들이 많기 때문에 가마를 여는 날은 꽤나 긴장된다. 가마를 때는 날의 온도, 습도, 바람의 세기 등 여러 요인이 한 목표를 향해야 한다. 가마가 잘 나올 수 있길…. 마음속으로 빌고 빌며 마지막 과정을 마친다. 아이러니하게도 이전의 과정들이 순탄해서 마음을 놓는 순간, 이 마지막 과정에서 알아채기라도 한 듯 시련을 안겨준다. 10여 년을 해왔어도 여전히 우리와 밀당을 하는 일이다. 마치 연인처럼 때로는 밉기도 하고 화도 나지만 여전히 사랑한다.

크리스마스였던 지난 주말에도 가마를 땠다. 다행히 큰 문제 없이 잘 나와주었다. 올해의 마지막 가마였던지라 상당히 공들였는데 한 해의 노력을 보상해 주는 것인지 마음에 차도록 나왔다. 기물들을 갈무리하고 언제나 그래왔듯 다시 물레 앞에 앉았다. 내년에도 잘 부탁한다는 인사를 마음속으로 건넸다.

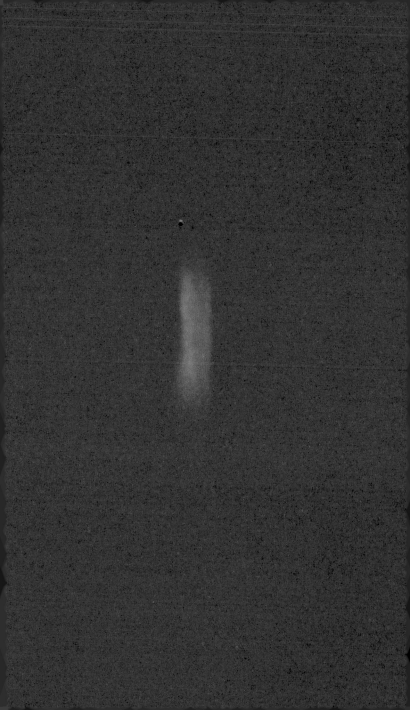

2부

차실의 계절

한 해 의 시 작

시골의 삶은 매우 한가로울 것 같지만 실상은 굉장히 바쁘
다. 몸을 움직여야 나도, 집도, 삶도 유지된다. 아파트의
관리비는 괜히 비싼 게 아니라고 툴툴대면서 집을 관리하
고 유지한다. 특히나 봄에 할 일이 많은 편인데 이때 손을
많이 댈수록 나중이 편해진다. 겨우내 움츠러들었던 몸처
럼 집도 움츠러들어 있다. 날이 따뜻해질수록 천장인지,
벽인지, 어디에서 나는지 '쩍쩍-, 탁탁-, 틱-' 하는 소리
들이 들려오곤 한다. 겨울 동안 딱딱하게 굳어 있던 관절
들을 쭉 펴다 보면 사람도 담이 오거나 근육이 놀라는 것
처럼 집도 그런가 보다. 멀쩡했던 나사가 튀어나와 있다
거나 나무가 갈라진다거나 작았던 틈이 크게 벌어져 있
다. 이때 잘 갈무리해 두지 않으면 여름에 손보려고 할 땐
이미 걷잡을 수 없이 문제가 커져, 찌는 듯한 더위에 아무
것도 하지 못하고 포기해 버리는 경우가 생긴다. 부지런
히 안팎을 다니며 꼼꼼하게 살펴보고 문제점이 보이면 바

로바로 고쳐두어야 한다.

우리야 괜찮을지 모르지만 딸아이는 어디로 튈지 모르기 때문에 아이의 시선으로 보는 것도 중요하다. 나사가 빠진 구멍을 어찌나 잘 찾아내는지 그 구멍 안에 뭐가 들었을지도 모르는데 꼭 손가락을 껴보고야 만다. 한번은 새끼손톱보다도 작은 청개구리가 튀어나와 화들짝 놀라고는 둘이서 깔깔대며 웃기도 했다. 빠진 나사를 끼우고, 들뜬 나무를 다시 박아주고, 창문의 틈이나 벽 사이 틈들을 메꿔주는 일을 매일 하다 보면 어느새 단단한 한 해를 시작할 준비가 끝난다. 집을 다듬는 것처럼 나의 삶도 이렇게 조금씩 조금씩 매일 갈무리하며 덥고 힘든 여름과 춥고 적막한 겨울을 이겨낼 준비를 해나간다.

이때 동네 어르신들도 논농사며, 밭농사로 분주해진다. 얼었던 땅을 뒤집어 숨을 쉬게 해주고 돌을 골라내며 땅을 다독인다. 코끝엔 여전히 겨울의 냄새가 남아 있는 듯하지만 아무것도 없어 보이는 땅을 뒤집어 보면 신기하게도 작은 새싹과 뿌리들이 봄을 맞이할 준비를 마친 상태다. 매년 같은 시기에 같은 일을 반복하는 분들을 보며 꾸준함의 중요성과 부지런함을 배운다.

이쯤 제일 많이 마시는 차가 보이생차다. 생차 특유의 맛과 향이 푸르른 봄과도 아주 잘 어울린다. 한국에서 녹차가 갓 나오기 시작할 때라 미리 녹차를 주문하고 기다리는 동안 생차로 봄의 싱그러움과 활력을 얻는다. 아이가 태어나기 전엔 오전 서너 시간 정도를 차를 마시며 보냈는데 이제는 오래 앉아 마시는 날은 손가락에 꼽을 정도다. 그러다 보니 차를 툭툭 쪼개어 대충 개완에 넣고 숙우나 거름망도 거치지 않은 채 큰 머그컵에 따라 마시는 경우가 부지기수다. 김해에서 작업하는 작가님의 분청 컵을 자주 쓰는데 500밀리리터가 넘는 큰 사이즈라 일하며 마시기에도 제격이다. 차에 따라 다르지만 1리터를 우려 마시기엔 맛이 옅어지므로 컵 안에 찻잎을 넣고 냉침을 해가며 마시기도 한다. 제대로 자리 잡고 작은 찻잔에 나눠 마시는 차도 맛있지만, 이렇게 크게 한 모금, 크게 두 모금, 동분서주 아이와 함께 놀다 다 식어버린 차를 벌컥벌컥 마시는 것도 제법 맛이 좋다. 이전처럼 한 포, 두 포 맛을 비교하고 음미하진 못하지만 아이와 술래잡기를 하다 지쳐서 마시는 차는 왠지 행복한 맛이다.

이곳에서는 1월 1일이 아니라 4월 중순경을 한 해의 시작으로 느낄 수 있다. 게다가 한운리는 고지가 높은 곳이라 같은 안성 안에서도 조금 더 늦게 봄을 만난다. 우리 집 대문 옆에는 벚나무가 있다. 어느 날 먼 길 놀러 온 친구가 보고는, 여의도 벚꽃 축제도 끝나고 서울에는 꽃이 다 져 버려 아쉬웠는데 여긴 아직 피지도 않았네, 내 봄이 더 길어진 것 같아 좋다, 하며 즐거워했다. 나 역시 매년 달력의 숫자로 혹은 여의도에 핀 벚꽃 정도로 봄을 알아차렸는데 시골에 살다 보니 모내기, 연두색으로 물든 산, 툭 터지듯 핀 매화를 보며 봄을 느끼게 된다. 겨울이 끝났음을 온몸으로 알려주는 것 같은 매화꽃은 좋아하는 꽃 중 하나인데 집에서 조금만 걸어가면 매화나무 밭이 있어 봄 산책 코스로 즐겨 다닌다.

이쯤 되면 녹차가 집으로 도착한다. 가끔 잘 우린 녹차에 매화꽃 하나 얹어주면 입안 가득 봄을 맛볼 수 있다. 쌉싸름하면서도 묘한 감칠맛, 그리고 진한 고소함의 끝에 달큼한 점 하나가 찍힌다. 연하게 한잔 우려 딸아이와도 즐기곤 하는데 예쁜 걸 좋아하는 딸은 잔 위에 떠 있는 꽃이 그저 반갑다.

씨 앗 뿌 리 기

토림도예를 꾸리며 노력해 온 부분 중 하나는 차실에 오
는 손님에게 최대한 다양한 차를 제공하는 일이다. 6대 다
류*가 끊이지 않게 구비해 두고, 방문한 손님에게는 꼭 같
은 질문을 던진다. "어떤 차를 좋아하시나요?" 차를 많이
드시는 분들은 대답이 금방 나오고 차를 많이 접해보지
못한 분들은 머뭇머뭇하기 마련이다. 머뭇거리는 손님들
에게는 두 번째 질문을 한다. "여기까지 오셨으면 차에 관
심이 생기신 것 같은데, 그럼 평소 접해본 차 종류가 어떤
건가요?" 아니면 "한 번도 안 마셔봤지만 먹어보고 싶었
던 차가 있으신가요?". 이쯤 되면 슬슬 대답이 나온다. 녹
차밖에 못 마셔봤다는 사람, 청차가 궁금했다는 사람, 보
이차는 다 맛이 없었다는 사람. 대답을 고려해 고심 끝에
차를 고른다. 손님의 눈이 반짝인다. 내가 어떤 차를 꺼내

---

* 녹차, 백차, 황차, 청차, 홍차, 흑차를 말한다.

오는지, 몇 그램의 양을 재서 넣는지, 어떤 순서로 차를 우려내는지 하나하나 자세히 관찰한다.

신기하게도 차를 우리는 동안 대부분의 손님은 침묵을 지키며 눈길은 내 손을 따라 움직인다. 이 순간부터 시작이다. 차에 집중하게 되는 시간. 다구를 예열하고 첫 포를 잔에 따라 마시는 그때까지 말이 없다. 첫 잔은 아직 차가 덜 풀려 맛이 크게 느껴지지 않는다. 분위기를 풀어가며 이 얘기 저 얘기 하면서 두 번째 잔, 세 번째 잔을 마신다. 마시다 보면 어떤 한 잔에서 눈이 탁 뜨이는 때가 있다. 차가 맛있게 느껴지는 순간 새어 나오는 눈빛이다. 그때부터 내 마음이 놓인다. '아, 좋은 찻자리로 기억될 수 있겠다' 싶은 안도감이다.

가끔은 내가 도자기를 파는 것이 아니라 차를 파는 사람처럼 느껴질 때가 있다. 도자기에 대한 설명보다 차 얘기를 훨씬 많이 하니 재밌는 일이다. 종종 지금 마시고 있는 차를 사 갈 수 있는지를 물어보시는데, 구매한 곳을 적어드리기만 할 뿐 차를 파는 일은 하지 않는다. 친구들이 선물해 준 차 외엔 모두 직접 구매한 것들로, 손님도 마시지만 결국은 팽주인 내가 가장 많이 마시기 때문에 언제나 내가 좋아하고 아끼는 차들을 챙겨두게 된다.

안성까지 찾아온 귀한 사람들에게 취향을 묻고 고민 끝에 차를 골라 정성 다해 내어드리는 이 시간이 식물의 씨앗처럼 어딘가 콕 박혀 있다가 적당한 때와 장소에 피어나기를 바란다. 살면서 만나는 수많은 희로애락 속에 쉬어가는 시간이 필요한 순간이 올 것이다. 그때 오늘의 찻자리를 떠올리며 그 쉼의 시간을 자연스레 차와 함께하길 바라본다. 주위에 권하는 정도까지 된다면 내가 뿌린 씨앗은 생각보다 멀리 퍼져 강한 것이 되겠지.

봄나들이 겸 방문하는 손님들이 많아졌다. 마당에 씨앗을 뿌리듯, 손님들에게 나만의 씨앗을 뿌릴 시간이다.

팽 주

차도 커피도 모두 즐기지만 언젠가부터 커피보다 차를 더 선호하게 되었다. 나이가 들면서 찾아온 변화기도 하겠지만 또 다른 이유도 있다.

커피는 꽤나 사적인 음료다. 한번 내려지면 그것으로 완성된다. 혼자일 경우 그 커피는 오롯이 나만 맛보는 음료가 되고, 함께하는 사람이 있더라도 각자 자신의 것만 신경 쓰면 된다.

반면 차는 다르다. 차는 우려주는 사람이 존재하는데, 이를 '팽주'라고 한다. 한자로 烹主(삶을 팽, 주인 주)라고 쓴다. 손님이 가시고 나면 사용한 잔이나 다건*을 삶아서 소독하는데 여기에서 유래한 단어다. 팽주는 상대방의 기호

---

* 찻자리에 사용하는 수건.

에 관심을 갖고 차가 알맞게 우려졌는지, 찻잔이 비진 않았는지, 자리가 불편하지 않은지를 신경 쓴다. 우리는 사람과 마시는 사람 사이에 무언가가 끊임없이 오간다. 차, 말, 마음, 몸짓….

처음 시어머니 될 분과 차를 마실 때 팽주로서 나를 신경 써주고 있다는 느낌이 좋았다. 많은 말을 하진 않았지만 뭔가 불편하진 않은지, 차가 입엔 맞는지, 잔이 빈 건 아닌지, 행위 자체로 소통을 하고 있다는 생각이 들었다.

그 후 결혼을 하고 남편과 많은 대화를 나누며 그 중심에 처음에는 술이 함께했다. 둘 다 술을 좋아했던지라 해가 뜰 때까지 한 잔 두 잔 마시며 얘기하곤 했는데 술은 결국 몸을 상하게 하고, 정신이 온전한 줄 알고 나눴던 말들이 그다지 유익하지 않았다. 이러면 안 되겠다 싶었다. 그때부디 술 대신 차를 마시기 시작했다. 일에 치여 조용한 여유가 필요할 때, 서로 대화하고 싶은 게 있을 때, 감정이 상했을 때조차도 차를 마셨다. 보글보글 물이 끓는 소리, 다기에서 나는 달그락 소리, 차를 찻잔에 따르는 쪼르륵 소리가 날이 선 말을 다듬어주고 과한 감정을 사그라뜨렸으며 웃음소리에 배경음이 되어주었다. 조금씩 마시기 시

작한 차가 어느새 하루를 열고 닫는 일과가 되었고, 이제
는 차를 마시지 않는 삶은 생각조차 할 수 없게 되었다.

차를 마시게 됨이 감사하다. 가족 간 대화의 장을 만들
어주고, 혼자서 사색에 빠지는 시간을 가질 수 있으며, 한
숨 쉬어갈 여유를 만들어준다. 처음 만나는 타인과의 자리
에서도 편안한 매개체가 되어주니 더할 나위 없이 좋다.

스 무 해 를 차 곡 차 곡

각자 자신의 취미를 가질 것, 부부의 취미를 가질 것, 온 가족이 함께할 수 있는 취미를 가질 것. 결혼 초 시아버지께서 해주신 말씀이다. 당신이 그렇게 해보니 좋더라 정도의 이야기였는데 내겐 새로 만든 가족과 함께 앞으로의 삶을 더 좋은 방향으로 꾸려갈 수 있는 가장 쉬운 방법처럼 느껴져 머리에 콕 박혔다. 현재 신 작가의 취미는 카메라. 사진 찍는 것도 좋아하지만 카메라를 공부하는 것 자체도 즐거운 듯 보인다. 나중에 딸이 더 크면 아이가 쓸 카메라를 하나 구비해 함께 출사를 다니는 게 꿈이라고 한다. 내 취미는 사군자와 독서. 그리고 부부의 취미는 함께 차 마시기. 바쁜 작업 일정 중에도 짬을 내 잠깐이라도 차를 마시는데 이런저런 이야기를 하며 함께하는 그 시간이 우리의 관계를 더 단단하게 만들어주는 것 같아 좋다.

차를 좋아하게 된 데엔 신 작가의 영향이 컸다. 연애를

할 때에도 카페보다 찻집을 찾아다니며 데이트하는 것이 마치 세상에서 우리만 하는 특별한 코스인 양 즐거워했고, 결혼 후에는 찻자리를 서너 시간씩 매일 가졌다. 그렇게 차를 가장 자주 마신 상대가 남편이 되고 보니 찻자리란 즐거움, 행복함, 따뜻함, 포근함, 이런 느낌의 단어들과 연결되었다.

아, 내가 어쩌다 이렇게 차를 좋아하게 된 걸까? 차의 매력은 무엇일까? 으레 어디서나 쉽게 마실 수 있었던 커피에선 왜 이런 마음이 일지 않았던 걸까? 이 질문들에 대한 정확한 답은 모르겠지만, 이거 하나는 확실하다. 차를 마시는 일이 현재 우리 부부의 취미이자 앞으로는 가족의 취미가 될 것이라는 것. 지금도 종종 차실에서 가족의 시간을 갖는다. 물론 어린 딸아이에겐 차가 맛있게 느껴지지 않을 수 있겠지만 가족이 모여 한 공간에서 무엇인가를 하는 것 자체에서 즐거움을 찾는 것 같다. 5분 만에 마당으로 뛰쳐나갔다가 곧잘 돌아와 앉아 또다시 한 모금 홀짝이곤 하는 모습을 보면 왠지 모를 뿌듯함을 느낀다.

2017년에 아이가 태어났다. 태어난 해를 기념하며 나중에 아이가 성인이 됐을 때 함께 먹을 보이차를 한 통씩 샀다. 아이와 같은 해에 탄생한 차. 보이생차와 보이숙차를 한 통씩 사두었는데 그 뒤로 매년 그해의 햇차를 딸에게 줄 선물로 사게 되었다. 차가 익어가며 맛이 더 단단해지고 부드럽게 다듬어져 가듯이 아이도 성장하며 더 옹골차지고 알맹이가 단단해지기를 바라며. 스무 살의 성인이 되는 날 가족이 모두 함께 모여 차를 따고 20년 동안의 성장을 축하할 생각이다. 세상에 지치거나 사람에 지칠 때 언제든 엄마와 아빠는 네 편이니 편히 쉬어갈 곳이 필요하면 항상 우리를 기억하렴. 네 모든 결정과 생각들을 지지하고 응원한단다.

여 름 날 의   차 실

무더위가 시작되었다. 갓 탈피한 매미의 어수룩한 울음소리가 아닌 구애를 위한 힘찬 울음소리가 공기 한가득이다. 이제 아열대 기후라고 봐도 무방한 우리나라의 여름은 햇볕이 쨍쨍 내리쬐다가도 갑자기 굵은 빗방울이 쏟아지곤 하는데, 나는 비가 내리는 날을 아주 사랑한다. 그리고 그런 날을 잘 알아챈다. 1층 소파에 앉아 멍하니 테라스 창문을 보고 있노라면 푸르다 못해 검은빛이 도는 잎사귀들이 하나둘씩 춤을 추기 시작한다. 툭- 투둑- 툭- 투두둑- 잎들이 움직이기 시작하면 어느새 곧 비가 내린다.

　비가 내리는 저기압의 날씨엔 차실에 차향이 가득해진다. 보통은 중국 홍차나 암차를 마시게 되는데 잠시 비 구경을 나갔다 문을 열고 들어올 때의 차실의 향기는 말로 표현할 수 없을 정도로 황홀하다. 이런 향기들을 고이고이 모아 향수나 방향제로 만들고 싶다는 생각을 해본다.

　차를 마시는 것이 무엇이 좋으냐 묻는다면 오감을 깨우고 만족시키기 때문이라고 말할 수 있다. 곱디고운 다구를 보는 재미, 비 내리는 날 찻물을 따르는 소리나 물이 끓는 소리, 간직하고 싶을 정도로 황홀한 내음, 기분과 계절에 따라 고를 수 있는 다양한 맛의 세계, 따뜻한 찻잔의 감촉이나 까슬한 티매트의 감촉…. 오감을 만족시키는 요소들이 매 순간순간 존재한다.

　지금 이 글을 쓰는 순간도 창문 바깥엔 비가 내리고 포트에 물이 끓는 소리가 들려온다. 앞서 마신 여러 종류의 차들이 입안에 달게 남아 있고 따뜻한 찻잔을 쥐고 있자니 몸도 마음도 편안해진다. 자꾸자꾸 권하고 싶은 순간이다.

여 름 나 기

산골의 여름이라 하면 왠지 시원할 것 같지만 수분을 머금은 흙 마당과 작은 계곡이 코앞인지라 습도가 높아 더 덥고 답답할 때가 있다. 회색 도시의 태양과는 또 다른 느낌으로 이글거리는 태양과 내리쬐는 햇볕을 겪고 있자면 '지금 날아다니는 곤충들도 땀이 날까?' 같은 엉뚱한 생각이 꼬리에 꼬리를 물고 든다.

여름에는 온도도 높고 습도도 높아 차 맛이 들쭉날쭉이다. 아마 차가 제일 맛이 없는 계절이지 싶다. 그럼에도 맛을 뽐내는 차들이 있는데 야생차 계열이나 백차가 그러하다. 이 두 가지 차는 한여름 뜨거운 햇빛을 뚫고 오는 손님들에게 웰컴티로 낸다. 펄펄 끓는 물로 차를 우려 얼음이 가득 담긴 숙우에 급랭하면 더위를 날려주는 한잔이 된다. 차는 언제나 뜨겁게 마실 거라는 편견도 단번에 날려줄 수 있으니 여러모로 여름에 가장 많이 즐기게 된다.

가끔 에어컨을 틀고 작업을 하다 보면 한여름인데도 추위를 느낄 때가 있다. 이때는 너무 뜨겁지도 차갑지도 않은 차를 마신다. 뜨거운 차를 마실 경우, 마시고 난 후 오히려 추위가 배가 되는 느낌인데 적당히 체온을 올려줄 정도의 따뜻한 차를 마시면 차가웠던 손발에 온기가 돌고 털이 주뼛주뼛 서는 듯한 느낌도 사라진다. 가끔은 미지근한 차를 큰 컵에 가득 우려 작은 계곡에 내려가 발을 담그고 마신다. 차가운 계곡물에 더위는 사라지고 적당한 온도의 차는 기분 좋은 따뜻함을 전해준다. 나만의 호사스러운 여름나기.

태 풍 이   지 나 가 고

인생은 예기치 못한 일의 연속. 예견할 수 있다면 얼마나 재미없고 무료한 인생일까. 장장 54일의 긴 장마가 끝나기가 무섭게 태풍이 연달아 지나가는 요즘, 비에는 이골이 난 상태지만 아침에 눈떴을 때 들리는 빗소리는 여전히 좋아한다. 잠결에 듣는 빗소리도 깊은 잠을 들게 하는 백색소음이 되어주니 곰팡이와 습기만 빼면 나쁘지 않다.

하지만 도예가들에게 장마는 기다림의 연속… 마르지 않는 흙과의 사투다. 물레를 차고 난 다음 굽을 깎는 단계로 넘어가기 위해 흙이 적당히 굳어줘야 하는데 2주가 지나도 굽을 깎을 수 있을 정도로 마르지가 않는다. 에어컨도 켜고 온풍기도 켜고 제습기도 돌려보지만 사방에서 계속해 들어오는 습기를 감당할 수가 없다.

우리가 원하는 결과대로 만들어내기 어려운 것이 도자

기지만 사계절 중 여름이 가장 그렇다. 약속된 시간이 있기에 마냥 기다릴 수만도, 그렇다고 진행할 수도 없는 참 지난한 시기이다. 얼마 전엔 강한 비바람에 마을 어딘가 전깃줄이 끊겼는지 아침나절 전기가 들어오지 않아 아무것도 할 수 없었다. 대부분이 전기로 돌아가는 구조인 우리 집은 물도 펌프로 지하수를 끌어올려 사용하기 때문에 전기가 나갈 경우 수도 역시 쓸 수 없다.

씻을 수도, 뭔가를 조리할 수도 없는 상황이 되고 보니 어쩐지 여유로운 아침이 되어버렸다. 아침을 때울 만한 것을 찾아보니 바나나 한 개와 토마토 두 개, 무화과가 여러 개다. 다용도실엔 언제나 끊이지 않게 상비해 두는 두유가 있으니 제법 든든한 아침을 먹을 수 있었다. 배가 부른 딸은 상황극 놀이를 하자며 성화다. 1층에 자리한 놀이방은 북향인 데다 창문도 산 쪽으로 나 있어서 해가 아예 들지 않는다. 제일 어두운 공간인데 불이 안 켜져 들어가기를 무서워하더니 배가 부르자 용기가 생기나 보다. 별자리 조명을 갖고 와서는 해님도 자고 일어난 아침이지만 별들이 있다며 좋아한다. 상황에 언제나 정직하고 솔직하게 자신의 감정과 생각을 표현하는 딸이 신기하고 부럽기도 하다.

그렇게 한 시간쯤 놀이 시간을 보내자 전기가 들어오고 어두웠던 아침이 거짓말처럼 지나갔다. 예전엔 예기치 못한 상황에 쉽게 지치고 버거워했는데 이제는 제법 여유롭게 즐기기까지 할 수 있게 되었다. 아이를 낳고 나서부터일 테다. 아이는 부모의 감정을 온몸으로 느끼는 존재이기에 나의 당황이나 무서움, 두려움을 아이가 느낄까 싶어 감정을 조절하려고 노력하다 보니 자연스레 변하게 됐다. 큰 그릇을 가지길 애타게 원하며 좀 더 여유로워지고 싶어 애쓸 땐 그토록 어렵더니, 다 때가 있나 보다.

긴 태풍도 끝나고 습도도 내려가 흙이 마르기 시작한다. 이제 작가로서의 때가 되었다. 차둔 기물들을 깎을 차례다. 오늘부터 작업실은 스르륵스르륵- 굽 깎는 소리만 들린다.

새 소 리 와   함 께

어쩌다 뜬눈으로 밤을 새운 밤, 선선히 바람을 쐬려 조금 열어둔 창문 사이로 달빛이 들어온다. 벌레 소리도, 바람 소리도 없이 고요한데 '휘이– 휘이– 휘이–' 하며 혼자서 우는 새가 있다. 같은 음, 같은 박자로 반복해서 우는 이 새는 경첩에 기름칠이 필요한 철문을 열 때 나는 소리랑 비슷하다. 이름은 호랑지빠귀. 아무도 듣지 않는 밤에 무얼 위해 그리 혼자 울고 있는지. 혼자 울고 있는 새소리가 어쩐지 뜬눈으로 밤을 새우고 있는 나를 위로해 주는 것 같다.

이렇게 긴 밤이 지나고 해가 뜰 무렵이 되면 마치 영화에서 소리를 삽입한 것처럼 아름답게 지저귀는 새가 울기 시작한다. 이제 해가 뜨니 기분 좋게 하루를 시작하라는 응원의 소리처럼 들리는데, 이 새는 울음소리 그대로 이름도 휘파람새다. 참새처럼 몸통도 작고 깃털도 갈색이라 눈에 잘 띄지 않지만 종종 나무에 앉아 가슴을 부풀리며 우는 휘파랑새를 볼 수 있는데 그 작은 몸통에서 어쩜 그리 청아한 소리를 낼 수 있는지, 그 소리가 정말 아름다워 듣고만 있어도 황홀해지는 기분이 든다.

새들도 정오의 뜨거운 햇볕이 힘겨운지 한낮에는 잘 울지 않는다. 우리도 더위에 지쳐 말없이 작업을 한다. 한여름의 정오는 조용히 귀 기울여야 풀벌레 소리나 물까치들 우는 소리를 종종 들을 수 있는 정도다. 아직 매미가 부화하기 전이라 뜨거운 조용함을 느낄 수 있는 짧은 시기다. 신기하게도 이렇게 고요하면 어쩐지 더 더운 느낌이다.

말없이 작업을 하다 다시 휘파람새가 울기 시작하면 여지없이 서너 시가 되어 있다. 머리 위에서 이글대던 해는 산 뒤로 넘어가고 있고 산들바람이 살짝 불어와 땀을 식혀주는 시간. 다시 가열차게 우는 휘파람새 소리와 함께 아이가 하원한다. 여름의 새소리는 개구리 소리와 함께 어떠한 공간도 소리로 꽉 채워준다. 지금도 창밖엔 새소리가 가득이다.

제 철 의   맛

이곳에서는 식재료를 마트가 아닌 밭에서 구한다. 말 그대로 제철 채소, 제철 과일이 아닐 수 없다. 매년 실패하는 우리 집의 텃밭을 보신 근처 아저씨와 아주머니께서 철마다 키운 콩, 대파, 가지, 호박 같은 기본 식재료부터 대추, 보리수, 자두, 산딸기 같은 간식으로 먹기 좋은 열매들까지 나누어주신다. 키우기 쉽다는 방울토마토, 고추, 가지 같은 것들도 식물의 생장 조건에 맞는 흙이나 배수, 일조량에 따라 맛에 차이가 난다는 것을 이곳에 살며 알게 되었다. 아쉽게도 나는 그런 채소들을 키우는 능력이 부족한지 제대로 성공한 적이 별로 없다. 어쩌면 산 사이에 위치한 집의 구조상 해가 늦게 들기 때문에 작물들이 자라기에 일조량이 넉넉하지 못한 것일 수도 있겠다. 농장을 하는 동네분께 작물은 오전 햇볕을 쬐어주는 것이 중요하다는 말을 들었다. 그래도 방울토마토랑 고추는 매년 실패 없이 적당히 먹을 양 정도는 자라준다.

가지에 주렁주렁 매달린 방울토마토는 한 번에 익지 않고 차례차례 색색으로 물든다. 한 가지에 초록, 노랑, 주황, 빨강의 방울토마토를 모두 볼 수 있는데 지나가며 툭 따서 탁탁 털어 입안에 그대로 넣는다. 마트에서 파는 방울토마토와는 비교가 안 되게 단맛을 품고 있어 한여름에도 부지런히 뒷마당에 나가는 이유가 된다. 샐러드를 비롯해 요리에도 활용해서 먹기가 좋아 매년 잊지 않고 심는 모종 중 하나다. 특히 방울토마토 마리네이드는 여름 내내 간단한 반찬으로도, 혹은 술안주로도 좋은 요리가 된다. 껍질을 일일이 벗겨내는 게 수고롭지만 그 수고로움이 상큼한 단맛으로 돌아오니 여름이면 '아, 조금 귀찮은데…' 하는 생각이 들면서도 한 병씩은 만들게 된다.

두 번째로 꼭 심는 채소는 바로 가지. 어렸을 때 나물로 접했던 가지는 물컹거리는 식감에 뭐라 표현할 수 없는 맛이어서 어린 입맛에는 기피 대상 1호의 식재료였다. 이곳에서 먹은 가지는 놀라웠다. 아이와 함께 동네 산책을 하다 보라색 가지들이 주렁주렁 매달려 있는 모습을 보고 밭일하시는 아주머니께 "와, 가지가 모여 있으니 색이 굉장히 예쁘네요" 하고 인사를 건넸더니, 돌아오는 길에는 양손 가득 가지가 들려 있었다. 무조건 가져가라는 말씀에

받아오긴 했지만 어떻게 요리해서 먹어야 할지, 아니 다 먹을 수 있을지, 아니 그것보단 먹고 싶지 않은 마음이 컸다. 하지만 매일 이 더위에 해가 뜨기 전부터 밭일을 하시는 아주머니의 노고를 알고 있었으니 냉장고에 처박아 두어선 안 될 것 같았다. 가지를 요리하는 방법을 여기저기 물어보고 인터넷으로 레시피도 찾아가며 처음 만들어본 중국식 가지볶음. 기름에 가지를 볶다가 간장과 식초를 살짝 넣고 볶아내는 요리였는데 눈을 딱 감고 먹어보는 순간 그 풍미에 굉장히 놀랐다. 마냥 물컹거리는 식감이 아닌 부드러운 단단함에 씹는 맛이 있었고 고소하면서도 달고 여전히 뭐라 표현할 수는 없는 그 묵직한 맛이 내 입맛을 사로잡았다. 갓 딴 가지의 단단함과 고소한 감칠맛이 그동안 가지에 대해 갖고 있던 생각을 완전히 뒤바꿔 놓았다.

별다를 것 없는 소소한 일상에서 인생의 변화를 겪는 순간들을 마주하게 된다. 산책 중 건넨 인사에서, 물 주러 나간 뒷마당에서, 친구가 차려준 식탁에서. 내가 알고 있었지만 알지 못했던 맛들을 경험한다.

차를 마시기 이전의 나와 차를 마신 이후의 나의 가장 큰 차이점은 맛의 깊이를 탐구하기 시작했다는 것이다. 보이차에서 느껴지는 나무줄기의 맛, 일본 녹차에서 느껴지는 미역의 맛, 홍차에서 느껴지는 밤껍질 같은 맛. 차를 마셔보면 '아! 이 맛이구나!' 하는 것들이 있다. 끊임없이 차의 맛을 음미하고 변화를 찾아내며 마시는 재미를 알고 난 이후부터 차뿐만 아니라 여러 채소들이며 과일, 심지어는 국물을 내는 멸치마저 맛이 좋고 신선한 것을 찾게 되었다. 이것들은 그냥 먹었을 때도 맛있지만 제대로 손질하고 요리했을 때 그 풍미가 훨씬 살아난다. 미각이란 것이 신기하게도 찾으려고 노력하면 할수록 깊은 맛을 느낄 수 있게 변하나 보다. 앞으로 새로 알게 될 많은 맛들이 기대된다.

사 소 한   취 향

싱싱한 제철 해산물을 만날 때면 떠오르는 친구. 예쁜 빈티
지 그릇 가게를 알게 되면 자연스레 연락하게 되는 친구.
맛있는 디저트를 발견하게 되면 같이 오자며 약속을 잡게
되는 친구.

   사람들과 관계를 맺고 이어나가다 보면 그 사람의 가치
관이나 성향뿐 아니라 취향까지도 알게 된다. 그리고 그
취향에 맞는 것들을 만날 때마다 자연스레 그 사람이 떠오
른다. 그 사람은 꽃을 잘 키웠지, 그 사람은 동물을 좋아했
어, 그 사람은 좋은 식재료에 관심이 많았지… 같은 것들.
얼핏 사소하지만 삶을 움직이는 각자의 취향이 있다.

   차 도구를 만들며 차 마시는 시간도 즐기다 보니 사람
들과 찻자리를 갖는 경우가 많다. 세상에는 참 다양한 사
람들이 있고 내가 모르는 분야가 너무나도 많다는 걸 느낄

때가 있는데 성향이 비슷하니 모르던 분야나 정보를 알게 되었을 때 나의 취향에도 딱인 경우가 많다. 이렇게 알음알음 관심 분야를 넓히는 게 삶의 활력소를 찾게 되는 일이 되기도 한다.

성인이 되고 일을 시작한 뒤에 나와 더욱 잘 맞는 친구들을 사귈 수 있었다. 차를 취미로 갖고 있는 사람들의 취향은 비슷한 구석이 많다. 느리지만 아름답게 차곡차곡 삶을 꾸려간다든가, 하나에 빠지면 깊이 파고드는 성향이라든가, 무용하더라도 예쁜 것을 좋아하고, 제철 과일이나 제철 음식들을 찾아 즐기는 등 이런 사소한 취향이 그 사람을 기억하게 하고 또 빛나게 만드는 요소가 되기도 한다.

나는 무엇으로 기억될까? 누군가 어떤 시간에 어떤 곳에서 어떤 좋은 것을 보면 나를 떠올려줄까? 타인의 시선만을 의식해 자신을 잃어가는 게 아니라, 서로가 서로에게 긍정적인 영향을 끼치며 아름다움을 나누고 스스로를 충만히 가꿔가는 것, 그 기쁨을 이제 안다. 누군가 날 떠올릴 때 '그 사람 취향 참 좋았어'라고 생각해 주었으면.

저 마 다 의   온 도

사람의 체온은 모두 36.5도. 같은 숫자지만 모두 각자만의
온도를 갖고 있다.

 업무와 관련된 미팅을 하거나 도자기를 구입하러 손님
들이 자주 오는 편이다. 두세 시간 남짓 이야기를 나누다
보면 어떤 성향의 사람인지 조금은 알 수 있는데 누구는 굉
장히 뜨겁고 또 누군가는 보기보다 차갑다. 행동이 크고
작고, 말이 많고 적고, 웃음소리가 호탕하거나 작거나를
떠나 어떤 것에 대해 열정이 넘치는 사람들이 있다. 눈빛이
나 삭은 행동에서 티가 난다. 열정적인 사람들은 눈빛부터
뜨겁고 작은 행동에서 큰마음이 느껴진다.

 아무래도 작업실까지 와서 도자기를 구매하는 사람들은
차나 도자기에 열정적인 사람들이 대부분이긴 하다. 공통
적인 취향으로 연결되어 그런지 처음 만나도 잘 통한다는

느낌을 받을 때가 있다. 도자기라는 매개체 하나만으로 서너 시간씩을 편하게 대화할 수 있는 사람들. 종종 가장 친한 친구보다 더 이야기가 잘 통하는 친구 같다. 그건 나도 함께 뜨겁기 때문일 테다. 이런 대화 속에서 작가와 손님이 아닌 그냥 열정적인 사람 두 명일 뿐이다.

차 역시 저마다 잘 맞는 온도가 있다. 종종 어떤 온도에서 어느 정도 시간을 들여 차를 우려내야 하는지를 몰라 차가 어렵다는 이야기를 듣는다. 그때마다 정답은 아니지만 내가 찾아낸 방법을 말씀드린다. 차를 구매한 곳에서 주는 가이드는 표준이니 가이드를 따라서 내리다 보면 내 입맛에 조금 과한지 부족한지를 알 수 있다. 가이드를 따라 우린 차가 입에 맞지 않다면 가장 먼저 해보는 방법은 차의 양을 조절하는 것. 진하게 느껴진다면 차의 양을 줄이면 될 것이고 연하다 느껴지면 차의 양을 늘려보면 된다. 이렇게 차의 양을 찾은 후엔 온도와 시간을 바꿔본다. 100도의 온도에서 우리다 점점 온도를 낮추고 시간 역시 빠르게 빼다가 점점 늘려보는 것이다. 하나하나 바꿔가며 차를 마시다 보면 어느새 내 입맛에 맞는 차의 맛을 찾을 수 있다. 결국은 차의 양도, 시간도, 온도도 모두 본인만의 것이 있다.

분명 뜨거운 차를 내렸는데 대화를 하다 보니 어느새 차가 식는다. 식은 차를 들이키고 또 온도에 따라 달라지는 차의 맛을 이야기한다. 이야기가 즐겁다 보니 찻물의 온도가 들쭉날쭉한다. 심지어 찻잎에 물을 부어놓고 잊어버려 과하게 우러난 차를 따라내기도 한다. 그래도 뭐가 그리 즐거운지 이야기가 끊이지 않는다.

차실이 후끈후끈하다. 뜨거운 사람들이 다녀갔다. 바로 찻자리를 정리할까 하다가 데워진 온도를 낮출 겸 새로운 차 하나를 꺼낸다. 혼자 조용히 물을 끓이고 말소리가 아닌 물소리를 듣는다. 대화를 하며 마른입을 적시기 위해 마시는 차도 맛있지만 이렇게 조금은 식히기 위한 차도 맛나다. 몸과 머리, 마음이 제법 식었다. 찻자리를 정리하고 원래의 체온으로 돌아간다.

손 님

차를 취미로 가지고 그 취미를 위해 시간과 비용을 기꺼이
지불하는 사람들. 그런 이들과 차를 마시고 대화를 나누는
일. 즐겁고 평화로울 수밖에 없다. 그래도 가끔, 아주 가끔
이지만 모나게 구는 사람들이 있다.

　집과 작업실과 차실이 한데 있다 보니 방문은 꼭 예약을
받아 운영하고 있다. 그럼에도 종종 불쑥 찾아오는 분들이
있는데, 이번엔 하필 가족이 다 같이 집에서 쉬고 있을 때
손님이 대문을 두드렸다. 놀란 건 둘째치고 차실 정리도
되어 있지 않아 당황했다. 정리를 위해 잠시 기다려달라는
내 말에 "아니 장사한다는 사람이 장사할 마음이 없네"라
며 마당의 돌을 연신 차댔다. 순간 울컥했지만 마음을 다
독이며 정리를 마치고 차를 내드렸다. 불평과 불만은 끊임
없이 이어졌다. 툴툴거리는 모습이 다섯 살 된 딸과 비슷해
보이기까지 했다. 상황을 바꿀 수는 없으니 마음을 비우고

차에 집중했다. 터무니없는 말에는 아니라고 정중히 답하고 투박하게 도자기를 고르는 손길엔 정성으로 응대했다. 한 시간 후 돌아가는 손님의 발걸음은 가벼웠고 웃는 표정으로 인사를 나눌 수 있었다. 그리고 그날 저녁 장문의 문자가 왔다. 다른 일로 기분이 상한 채로 방문을 했고 예약을 하는 곳인지 몰랐다고. 본인의 실수임을 알았지만 인정하고 사과할 여유가 없어서 어리석게 행동했다고. 본인보다 더 어른스럽게 행동하는 모습에 창피하고 부끄러워 반성했다며 미안하다는 내용이었다.

나 또한 평소에 마음의 여유를 쌓아두지 않았다면 오늘 같은 상황에서 여유롭게 대처할 수 있었을까? 아마 어려웠으리라. 화를 내고 짜증을 내는 것은 마치 습관과도 같아서 계속해서 하다 보면 작은 일에도 금방 툭 튀어나와 버린다. 시골에 살며 좋아하는 작업을 하면서 좋아해 주는 사람들을 만나는 이 일이 참 소중하다. 화낼 일도 짜증 낼 일도 많지 않다. 나태해지는 것만 경계한다면 지금처럼 마음이 여유로운 삶을 유지할 수 있을 테다. 아마 이 손님은 내게 이런 삶의 소중함을 알려주려고 다녀가셨나 보다.

마 음 에 물 주 기

지인이 오랜만에 쉬는 날이라며 찾아왔다. 한 시간 남짓한
거리를 운전하며 오는데 별것 아닌 일들에 주체할 수 없을
정도로 화가 나는 자신을 발견했다고. 자꾸 눈물이 흐르고
아무것도 하고 싶지 않아 당분간은 가게도 열지 않을 예정
이라는 지인의 이야기를 듣다 보니 '마음이 말라버렸구나'
싶었다. 내가 지인에게 해줄 수 있는 일이라곤 그저 묵묵히
이야기를 들어주며 찻잔이 비지 않도록 따라주는 것이었
다. 잔에 채워진 차가 힘든 그의 마음을 적셔주길 바랐다.

　사람 마음도 땅이랑 비슷해서 마른 마음엔 아무것도 자
라지 않는다. 다음 스텝을 준비하며 해야 할 일들을 아무
리 심으려 해도 마른 마음에는 좀처럼 뿌리를 내릴 수 없고
성장도 더디다. 무작정 쉬기 위해 숙소부터 예약해 버렸다
는 말에 하루 이틀이라도 스스로에게 물을 충분히 주며 마
음을 잘 적셔 오라는 인사를 건넸다.

식물이 마를 때 물을 주듯 마음이 말랐을 때 물을 주는 데는 역시 차만 한 것이 없겠다. 잘 적셔진 마음엔 하나둘 새로운 것들이 자라난다. 이해, 인내, 의지, 열정, 희망 같은 것들. 말랐던 마음에선 도무지 기미조차 없던 것들이 어느샌가 자라나 날 지탱해 주고 있다. 오늘도 마음이 마르지 않도록 한가득 차를 마셨다.

입 추

입추가 지났다. 24절기 중 가장 환영하는 절기가 바로 입추인데, 비슷한 나날인 것 같은데도 입추가 지나면 아침저녁으로 제법 선선한 바람이 분다. 기상이변이네 온난화네 하더라도 입추만큼은 어쩐지 몸으로 확실히 느낄 수가 있다. 입추를 맞이하며 집 주변을 둘러보니 언제 이렇게 변했는지 녹음이 짙어지고 벼들이 키가 컸다. 배와 사과가 주렁주렁 열렸고 풍선초도 곧 터질 듯 익어가고 있다. 차실 앞 밤나무엔 제법 굵어진 가시를 자랑하는 밤들이 커가고 있다. 꽃들은 또 어떠한가. 백일홍과 채송화가 지천이고 하얀 목수국이 황홀함을 뿜낸다. 저녁을 먹고 30분씩 화단에 매일 물을 주며 관찰하는데 매일이 새로운 행복이다.

봄의 산은 아기 피부 같다. 보들보들하고 여린 잎으로 뒤덮힌 산이 눈으로 봐도 부드러운 느낌이다. 잎들도 여리고 아직 일년생 식물들은 채 자라지 못했을 때라 산에는 비

어 있는 공간이 많다. 이때는 비가 내려 온 땅이 젖어도 풀
내음이 강하지 않다.

여름의 산은 제법 자란 청년의 피부다. 짙푸른 녹색에
서로 가려질세라 고개를 쳐든 잎들이 광합성을 하며 단단
함을 보인다. 열매들이 자라는 시기니만큼 줄기며 가지들
이 튼튼한 상태임이 눈으로도 보이지만 손으로 꺾어봐도
쉬이 꺾이지 않는다. 비가 내리면 크게 숨을 들이쉬지 않아
도 진득한 풀내음이 폐 가득 차오른다. 콧구멍에도 엽록소
가 달라붙는 느낌이다.

입추가 훨씬 지나 가을다운 가을이 되면 고개를 빳빳이
치켜들었던 잎들이 축 처지기 시작하고 갖가지 색상으로
물들어가며 한 해의 마무리를 준비한다. 이때의 산은 노인
이 되어가는 장년의 피부 같다. 탄력도 눈에 띄게 줄고 뼈
내를 비롯해 전체적으로 가늘어지는 느낌이다. 가을 산은
잎이 처지다 떨어지고 덩굴식물들이 말라 땅으로 사라지고
그 버석한 잎사귀들이 바닥에 쌓이며 말라가는 땅을 덮어
준다. 다음 세대를 위해 떨어진 잎들은 거름으로, 부엽토
로, 어떤 생명들의 쉼터로 변한다. 곧 겨울이 된다.

겨울산은 참 황망하다. 면보다는 선의 느낌으로 가득 차 있어 가만히 보고 있으면 으스스한 느낌마저 든다. 그럼에도 모든 소리를 품고 사라지는 눈이 내릴 때면 그 황망한 산으로 산책을 간다. 온 세상에 마치 나만 존재하는 듯 내가 내딛는 발걸음 소리만 들리는데, 그 적막함 속에 내 존재를 확인하는 시간이 좋다. 더러 만나는 털이 뚱뚱하게 찐 새들도 반갑고 다람쥐에게 발견되지 못하고 그대로 얼어버린 밤송이들도 반갑다. 모든 세상이 말라 있고 멈춰 있고 죽어 있는 듯싶지만 그 안엔 많은 것들이 움츠리고 있음을 안다.

사람에게 오는 자극은 3~5일 만에 사라진다고 한다. 이 말을 되뇌며 산다. 기쁜 일도 금세 사라질 수 있지만, 지금 당장 견딜 수 없게 힘들고 괴로운 일이라도 단 일주일만 지나면 괜찮아지리라는 믿음. 조용조용 해를 거듭하며 나이 들어가는 산처럼 그 어떤 일에도 봄이 오고 여름이 오며 가을을 지나 겨울을 맞이한다. 그리고 다시 봄. 계속해서 흐르는 계절처럼, 격주마다 만나는 절기처럼, 어떤 일들은 다시 돌이킬 수 없고 시간은 흐르니 작은 것들에 눈을 주고 마음을 쏟으며 새로운 행복을 발견해 가야지.

9 월 의 밤 나 무

차실 큰 창문 너머에는 오래전부터 이곳에 자리했을 커다란 밤나무가 한 그루 있다. 나무가 어찌나 큰지 집을 지을 때도 뿌리가 땅을 잡아주는 나무니 시야를 가리더라도 그대로 두라고 했을 정도다. 밤을 좋아하기도 하고, 바깥에서 안쪽이 훤히 보이는 것도 좋지 않을 것 같아 쉬이 찬성했다. 6월쯤 밤꽃이 피면 온 동네 벌들이 모여 웅웅 소리를 내며 꽃 사이를 돌아다닌다. 부지런히 꿀을 따 가고 꽃가루를 옮겨 열매를 맺는 데 도움을 주는 노란 꿀벌들의 엉덩이를 보고 있자면 보송보송한 털이 참 귀엽고 사랑스럽다. 그러다 어느샌가 꽃이 떨어지고 그 자리에 손톱만 한 밤송이가 생기는데 고 작은 녀석도 밤이라고 가시가 제법 뾰족하다.

이즈음엔 일부러라도 시간을 내어 차실에 앉아 매일 차를 마신다. 창밖으로 보이는 밤들의 성장을 응원한다. 손톱만 하던 초록 밤송이들의 크기가 점점 커지고 갈색으로 변하기 시작하면 청차의 한 종류인 암차가 맛있어지는 시기다.

처음 차가 맛있다고 느꼈던 것도 암차를 마셨을 때인데 향이 좋은 데다 느껴지는 맛의 종류도 다양해서인 듯하다. 암차 중에서도 특히 육계를 좋아하는 편이다. 묵직한 맛으로 시작하다 코끝에서 달큼하게 끝나는 차 맛이란 가을에 누리는 호사 중 하나인데 육계의 향은 향수로 나오면 좋겠다고 할 정도로 마실 때마다 연신 잔에 코를 박고 향을 맡게 된다. 살짝 스파이시한 계피 향으로 시작해 묵직한 바디감을 가진 말린 과일의 향이 나다 달큼한 향으로 마무리된다. 또 육계와 함께 무이암차의 대표 주자인 대홍포나 비교적 구하기 쉬운 수선을 주로 마시지만 비가 오는 가을날엔 묻지도 따지지도 않고 훈연 향 가득한 정산소종을 택한다. 정산소종 역시 중국 푸젠성 우이산에서 만들어진 차로 소나무를 태워 그 향을 입힌 홍차의 한 종류다. 투둑투둑 내리는 가을비 소리를 들으면서 마시기엔 제격인 데다 스모키한 향을 입힌 차라서 왠지 모닥불을 피워둔 느낌도 든다. 사람마다 날씨와 계절, 기분에 따라 택하는 차가 다 다를 테지만 비 오는 날 방문한 손님들에게 정산소종을 내었을 때 모두 좋아했던 걸 생각하면 나쁘지 않은 선택 같다.

　추분 전후부터 익은 밤들이 떨어지기 시작한다. 사랑하는 가족과 친구들, 그리고 지쳐 있는 지인들을 생각하며 오면가면 밤을 줍는다. 하루에 이삼십 분 남짓 주웠는데도 양이 제법 된다. 뾰족한 가시를 온몸으로 감싸고 있지만 때가 되면 툭 벌어져 매끄럽고 보드라운 속을 드러내는 밤은 어쩐지 나를 달래주는 열매다. 밤송이를 두 발로 잡고 잘 벌린 후 나뭇가지로 알맹이를 꺼낸다. 벌레 먹은 것은 없는지 골라내 가며 줍다 보면 어느새 머릿속 가득했던 고민이나 쓸데없는 생각들, 그리고 지친 마음까지 골라내진다. 까진 밤송이들은 한데 모아 마당 귀퉁이 저 먼 곳에 쓸어버리는데, 쌓여 있는 밤송이를 보면 그곳엔 고민과 걱정거리들이 함께 버려져 있다. 농약도 치지 않고 비료도 주지 않은 채 자연 그대로 생겨난 열매니 그저 대충 물로 씻어내어 푹 삶아 아이와 함께 까먹는다. 포슬포슬 보드랍고 은근히 달큰한 맛이 우리를 웃게 한다. 밤밥도 지어 먹고, 밤조림도 해 먹고, 오독오독 생밤도 씹어 먹으면서 하루를 보낸다. 시골살이란 소소한 기쁨들의 연속인데 가을만큼은 마음도 몸도 크게 풍족하다.

여 전 히   재 미 있 어 요

어느새 추분도 지나고 온 세상이 가을로 가득 찼다. 하루가 다르게 갈색으로 변하는 밤송이들은 작은 바람에도 투둑투 둑 떨어지기 바쁘고, 논에 벼들은 노랗게 익어가며 곧 물러 나야 할 때를 아는 듯 고개를 숙인다. 하늘은 어찌나 청명 한지 바라만 보고 깊게 숨을 들이쉬기만 해도 온몸이 깨끗 해지는 기분이 든다. 꽃가루나 미세먼지가 없는 요즘이 따 사로운 햇빛 아래 시원한 바람을 쐬며 산책하기 딱 좋은 계 절이다. 게다가 밭에서 익어가는 깨며 콩, 고추 같은 것들 을 구경하는 재미가 좋아서 온 마을을 휘저으며 돌아다닌 다. 내 산책 시간과 동네 어르신들의 일하는 시간이 맞지 않아 서로 만나는 일이 극히 드물지만, 한번은 고추 농사를 지으시는 앞집 할머니를 만났다. 이 나무, 저 나무, 텃밭 가꾸는 방법 같은 것을 앉아서 한참 여쭤봤다. 젊은 처자가 시골에서 사는 게 심심하고 지루할까 볼 때마다 걱정했다 는 할머니께 "저는 시골살이가 체질인지 매일 할 일도 많고

너무 신나요"라고 하자 한마디를 보태셨다. "이렇게 오다
가다 인사하면서 철에 맞는 야채나 먹을 만치 얻어가서 먹
어. 괜히 텃밭 농사 짓는다고 손대다가 재미 붙이지 말고.
재밌으면 하고 싶고 하고 싶으면 배우게 되고, 배우게 되면
해야 하는데…. 여간 힘든 일이 아니야." 아… 얼마나 긴
시간이 담긴 얘기일까. 평생을 농사만 지으신 할머니의 말
씀이 마음을 울렸다.

　비단 농사만 그럴까. 세상 모든 일이 그렇겠지. 생각해
보면 내가 도자기를 시작하게 된 것도 순전히 재미있어서
였다. 재미있어 하다 보니 잘하고 싶었고 그래서 공부를
하다 여기까지 온 것인데…. 할머니 말씀이 정답이다.

　차를 마시게 된 이유도 비슷하다. 처음의 찻자리가 좋은
기억으로 남았고 그 뒤로 좋아하는 사람과 함께 마시는 차
가 즐겁고 재밌었다. 재미를 붙이니 알고 싶고 이런저런 공
부도 해가며 지금까지 왔다. 도자기도 그렇고 차를 취미로
둔 것도 그렇고 재미를 기반으로 시작한 일이다 보니 질리
지 않는다. 할머니의 얘기와는 조금 다른 결과지만, 누군
가 도예가가 되고 싶다며 이것저것 물어온다면 이렇게 대
답해 주고 싶다. "재미부터 붙여. 재밌으면 하고 싶고 하고

싶으면 배우게 되고 배우게 되면 하게 될 거야. 재밌어서 하는 일은 절대 안 지쳐! 나를 봐!"라고 말이다.

참, 할머니, 저는 올해도 무농약 텃밭 농사를 망쳤지만 그래도 여전히 재미있어요. 아마 내년에도 이런 저런 방법으로 또 해볼 것 같으니 한 수 잘 가르쳐주세요.

바다 노을

요즘 노을 지는 하늘이 참 아름답다. 어느 날은 파란색에서 보라색으로 그라데이션이 되어 있고 또 어느 날은 층층이 주황색 구름이 하늘 가득이다. 매일 비슷한 날씨 같은데도 노을 지는 하늘은 형형색색 달라지니 신기할 따름이다. 오늘의 하늘도 예쁘다. 파란색으로 시작한 하늘이 짙은 분홍색으로 끝난다.

이런 날에 하늘을 보고 있노라면 어김없이 알림이 울리기 시작한다. 전국 곳곳에 있는 친구며 지인들이 하늘 사진을 보내오는데 같은 시간, 같은 하늘인데도 동서남북으로 다른 색이다. 질세라 나도 우리 집의 하늘을 찍어 보낸다. 하늘 사진이 계속해서 오고 가는 분주한 대화방이 참 정겹다.

문득 노을을 도자기에 담고 싶다는 생각을 했다. 이 따뜻한 정경을 떠올릴 수 있는 도자기를 만들고 싶었다. 그림으로 그릴까? 유약

을 만들어볼까? 한참을 고민하다 도자기 자체를 노을처럼 만들고 싶다는 생각에 도달했고 결국 유약을 만들기로 결정했다. 유약을 만드는 일은 어렵지 않지만 원하는 색상을 만들어내는 것은 다른 문제다. 성분 하나하나에 달라지기도 하고, 또 같은 성분일지라도 비율에 따라 전혀 다른 결과를 만들어내기도 한다. 거의 1년을 원하는 색을 찾기 위해 연구만 했다. 매 가마마다 샘플을 넣어 결과물들을 보며 보완했다. 1년 후 드디어 원하는 색상이 나왔다. 묘한 보라빛과 진달래 같은 분홍빛이 감돌며 그 안에 노란 별들이 콕콕 박힌 도자기. 어느 날엔가 바다에서 봤던 노을과 흡사했다. 드디어 바다 노을을 도자기에 담았다.

빈티지 블루

자주 입어 면처럼 부드러워진 청바지를 좋아
한다. 처음에는 하도 뻣뻣해서 세탁 후 건조대
에서조차 꼿꼿한 기운을 뽐내던 녀석이 구를
대로 구르고 닳을 대로 닳아 어느새 내가 원하
는 대로 몸에 착 붙는다. 편안해졌다. 눈이 시
리게 파랗던 색도 긴 시간 동안 자연스레 빠졌
다. 청바지는 대충 먼지만 털어 입기 위해 만
들어졌다는데 빨래에 강박이 있는 나는 두 번
에 한 번은 빨래를 해줘야 한다. 당연히 색도
빠르게 빠진다. 역시 좋아하는 바다.

시간이 느껴지는 아이템들은 세월의 무게
감이 담겨 있다. 오래된 청바지, 할머니로부
터 물려받은 유리 고블릿, 생명을 다한 카메
라. 가만히 바라봐도 마음이 편안해지는 것들
이다. 생활 속에서 자주 사용하진 않더라도 가
끔 생각이 나 어루만지면 그대로도 쓸모 있다.
우리가 만드는 빈티지 블루는 물 빠진 청바지

같다. 재밌는 건 처음 그 상태 그대로 색에는 변화가 없다. 몇 년이고 차를 마시면 찻물이야 들겠지만 외부의 색상은 비슷하다. 내가 좋아하는 시간이 담긴 색상을 처음부터 만날 수 있다니. 어쩐지 시간을 보너스로 얻은 느낌이다. 버석버석한 질감도 좋다. 쨍하게 유리처럼 코팅이 된 백자도 필요하지만 가끔은 찻물을 입에 머금고 손에 잔을 굴리는 시간도 필요하다. 손 안에서 슬슬 갖고 놀기엔 매끄러운 백자보다 빈티지 블루 잔이 딱이다.

처음 이 색을 만들었을 때가 생각난다. 기다리고 기다리다 가마 문을 열었을 때의 그 희열과 놀라움. 앞으로 평생 아끼게 되겠구나, 강하게 느꼈다.

찻잔

높은잔

잔이 좁고 높은 잔. 이 잔에 이름을 붙인 것을
시작으로 기물의 명칭에 대해 고민하기 시작
했다. 간결하고 직관적인 이름.

　오랜만에 높은잔을 만들었다. 다른 작업에
밀려 한 달 정도 잔을 만들 기회가 없었다. 지
금까지 수천 개는 족히 만들었을 잔인데도 오
랜만에 만드는 높은잔은 어쩐지 어색하다. 이
잔은 무려 13년 전에 디자인한 것으로 어딘가
애매하고 어수룩한 데다 묘한 긴장감이 그대
로 담겨 있는 것이 20대의 내 모습 같다. 의욕
과 열정이 넘치던 딱 그때 만들었을 법한 비율
과 곡률. 지금이라면 절대 나올 수 없는 것이
다. 감을 잃지 않기 위해 계속해서 보고 또 보
고 공을 들일 수밖에. 찻잔에서 잘 시도하지
않는 형태였기에 어느샌가부터 토림도예의
시그니처 잔으로 자리 잡았다.

낮은잔

재능 기부로 아이들에게 다도를 가르친 적이 있다. 이왕 하는 거 제대로 해보자며 아이들이 사용하기 편한 잔을 고민하다 만들어진 낮은잔. 아이들용은 지름이 조금 더 작았지만 뜨거운 차를 식혀 마시기가 좋았다. 이후 크기를 좀 더 키워 여름에 유용하게 쓰이는 찻잔으로 재탄생했다. 모난 곳 없이 둥그런 형태가 썩 마음에 들고 문양을 그리기에 좋다. 잔의 내부에 그림을 그리는 것은 쉬운 일은 아니지만 차를 마시면서도, 또 잔을 내려놓고서도 눈을 두고 보기가 편하다.

개완잔

개완과 함께 디자인하여 전체적인 형태에 통일성을 주었다. 내부가 깊어 잔향을 맡는 문향배의 기능도 겸할 수 있도록 일부러 높게 만들었다. 간결하면서도 편안히 사용할 수 있어 토림도예의 손님용 잔으로 쓰이고 있는 개완잔. 외부 면적이 넓어 파도문이나 물결문을 새겨 넣었을 때 눈에 잘 띈다.

개완

개완 1 (2015년)

개완이라는 도구가 있다는 이야기를 들었다.
유미에게 선물할 마음으로 어찌어찌 비슷한
모양을 만들어보았는데, 무겁고 뜨겁다. 그저
웃으며 넘어가는 해프닝 정도로 끝날 수도 있
겠지만, 이 작업을 완성해 보고 싶다는 생각이
든다. 크기의 문제인가? 뚜껑 꼭지의 높이와
형태가 불안정한 느낌이다. 무게도 무거워서
차를 우릴 때 손목이 많이 꺾인다. 적당한 용
량과 크기를 어떻게 정의할까.

개완 2 (2016년)

유미가 중국 푸젠성에 다녀왔다. 현지에서는
개완을 일상에서 흔하게 사용하고 있다고 한
다. 어떤 매력이 있는 다기인지 궁금해졌다.
공산품부터 중국 작가의 개완까지 다양한 샘
플을 사서 써보고 무엇이 왜 좋은지 찾기 시작

했다. 직접 사용해 보면서 쓰임에 대한 이해도는 높아졌지만, 직접 만드는 기물은 다른 이야기다. 뚜껑의 작은 곡률도, 몸통이 벌어지는 미세한 각도 차이에서도, 꼭지의 높이나 형태에서도 사용감이 크게 달라진다. 우선 내가 좋아하는 라인을 그렸고 거기에 물이 어떻게 흘러나갈지 끊길지 생각했다.

얇게 만드는 걸 좋아하는 나의 작업 스타일과 매우 잘 맞다. 만드는 과정 자체가 즐거운 도구가 되었다.

개완 3 (2017년)

뚜껑과 몸통의 합을 맞추는 게 쉽지 않다. 약간의 곡률과 폭의 변화에도 뚜껑이 안기거나 얹히거나 한다. 기능적으로는 출수도 중요한데, 전의 벌어짐에서 어떻게 물이 흘러가야 할지 고민이다. 여전히 꼭지는 어렵다. 그래도 기능에만 충실하다가 추구하는 선을 잃지 말자.

개완 4 (2020년)

지금도 조금씩 조금씩, 사실은 꽤 많이 변화를 주고 있고 수정하고 있다. 몇 년 후에 만드는 기물들은 지금보다 더 만족할 수 있다면 좋겠다. 만들고 써보고 수정하는 일을 10년씩 해도 여전히 찾아가는 과정에 있다는 건, 생각보다 즐거운 일이다. 공예품의 경쟁력은 무엇일지 고민하게 되는 요즘. 공산품이 하지 않는, 혹은 하지 못하는 부분을 더 집요하게 추구해 보려고 한다. 얇은 두께. 언제부터인가 토림도예를 정의하기 시작했다.

3부

우리만의 리듬으로

구 름 이   쉬 어 가 는   곳

내가 사는 곳은 안성 토박이들도 잘 모르는 깊은 산골 '한운리'다. 구름도 한가롭게 쉬어간다는 이곳에는 소음이라곤 새소리, 풀벌레 소리뿐이다.

서울에 살던 때를 돌이켜 보면 언제나 손에 휴대폰이 쥐어져 있고, 끊임없이 오가는 가벼운 대화들에 파묻혀 있었다. 만나는 사람은 많았지만 깊은 관계는 손에 꼽고, 대부분의 현대인이 그렇듯 많은 사람, 많은 만남, 많은 대화 속에서도 외로웠다. 그러다 안성에서 조금 늦은 대학 생활을 시작했고 졸업 후 자연스레 이곳에서 작업하며 살게 됐다.

지인들은 나의 시골살이를 염려했다. 사람 만나는 것 좋아하고 바깥 활동을 좋아하는 네가 시골에서 살 수 있겠느냐 걱정해 주었지만 오히려 나는 반대로 생각했다. 조금 떨어져서 객관적인 시선으로 삶을 볼 수 있을 거라고.

  관계에 영향을 크게 받고 곧잘 흔들리던 내가 거기서 한 걸음 떨어져 내 삶에 중요한 것과 덜어낼 것을 알아가며 자연스레 단단해져 갔다. 작업에 쏟을 수 있는 에너지 또한 많아졌다. 천지가 영감을 주는 것투성이니 작업의 질도 좋아질 수밖에. 일어나 아침 겸 점심으로 느린 식사를 하고 오후부터 밤까지 작업이 이어지는 나날을 보냈다. 철철이 달라지는 채소와 과일, 매일 다른 하늘과 바람, 새소리, 냄새까지. 이 모든 것들이 벅차게 다가온다. 그 순간을 오래도록 기억하고 싶어 도자기에 담기 시작했다. 봄에는 청보리를, 여름에는 포도를 그렸고 때때로 마음에 들어온 새나 나무를 그렸다. 애정이 담긴 기물은 결과물도 기대 이상으로 만들어졌다. 쉬어가는 구름처럼 나의 기분과 마음에 오롯하게 집중하며 보내는 이 고요한 생활, 충만하다.

3 년 , 3 년 , 3 년

지금 생각하면 왠지 거짓말 같은 토림도예의 초창기. 방 한 칸짜리 오래된 한옥이었다. 학교를 졸업하고 전국 방방곡곡 작업실을 알아보던 때, 동네 어르신께서 옛날 살던 곳인데 지금은 사용하지 않는 폐가라며 거기라도 괜찮다면 써도 좋다고 하셨다. 그렇게 덜컥 들어간 첫 작업실. 진흙과 볏짚을 섞어 올린 벽체에 구멍이 숭숭 뚫려 그 사이로 뛰어다니던 커다란 들쥐, 겨울엔 외풍에 머리카락이 흩날릴 정도로 있으나 마나 했던 창문, 지대가 주위보다 낮아 장마철엔 연못만 한 크기의 물웅덩이가 생기던 마당. 겨울엔 수도관이 항상 얼어 마을 우물에서 물을 길어다 작업하곤 했다.(우물이 있던 것도 돌이켜 보면 참 신기하다.) 열악했던 그곳에서 시작한 우리는 큰 들쥐에도, 추위에도, 여름의 습도와 수많은 벌레들에도 이상하게 즐거웠다.

방치되어 있던 폐가구와 가전을 정리하고 떨어져 나간

벽들을 보수했다. 진흙으로 만들어진 벽이라 울퉁불퉁해서 도무지 벽지를 붙일 수 없는 상태였기에 페인트를 칠하기로 했다. 가게에서 컬러칩을 얻어와 이리저리 대보며 색상을 정했다. 조색이 된 페인트를 샀으면 편했을 텐데 무슨 용기였던지 직접 조색을 해보겠다며 이리저리 감으로 섞어가며 색상을 만들었다. 덜 말랐을 땐 티가 안 나 몰랐는데 다 마르고 난 벽은 얼룩덜룩 명도가 다른 롤러 자국으로 가득했다. 당연히 원하는 색상도 나오지 않아 내내 이상한 꽃분홍색 벽을 보며 작업해야 했는데 그럼에도 어쩐지 깔깔댔던 기억이 난다. 작은 방 한 칸은 장판을 사 와 대충 깔고 캠핑용 매트를 깐 텐트를 설치했다. 그 정도면 밤샘 작업에 적당히 쪽잠을 잘 수 있었다. 당연히 보일러나 온돌 같은 것은 없어서 전기장판 하나로 겨울을 버텼다. 작업을 하는 공간은 흙이 얼면 안 되니 연탄난로를 설치해 두었는데 연탄난로는 불이 꺼지면 안 돼서 작업이 없는 날에도 하루에 한 번씩은 꼭 들러야 했다. 집에서 40분 거리의 작업실을 연탄을 갈기 위해 매일 들러야 하는 건 귀찮은 일이었지만 연탄을 갈고 양은냄비에 끓여 먹던 라면이 기가 막히게 맛있었다.

가마를 설치하기 위해 콘크리트를 붓던 날을 잊을 수 없다. 콘크리트가 굳어가는 동안 나뭇가지를 꺾어 와 그날을 기념하며 날짜와 이름을 썼다. 중고 패널로 만든 가마실은 비가 오면 물이 샜지만 그곳에서 가장 많은 연구와 실험을 할 수 있었다.

열악한 환경뿐 아니라 도자기를 사는 손님이며 거래처며 아무것도 없던 때라 맨땅에 헤딩하듯 기약 없는 작업의 나날이었다. 그때는 결혼 전이었으니 나는 나대로 평일엔 아이들 가르치는 일을 하고 주말에 함께 작업을 했는데, 그때도 신 작가는 항상 물레 앞에 앉아 있었다. 당연히 벌이는 없고 나가는 돈은 있으니 이대론 안 되겠다 싶어 안성에서 열리는 큰 축제에 참여했다. 아이들에게 물레 체험을 해주는 일이었는데 나간 첫해엔 도자 체험이 두 곳뿐이라 쉴 틈 없이 바빴다. 나중엔 아이들이 줄을 서서 기다리다 돌아가는 사태까지 벌어졌다. 나흘 만에 제법 큰돈을 모았고 그 돈으로 물레를 한 대 더 샀다. 도자기로 3년 내에 자리를 잡지 못하면 장돌뱅이를 하자며 즐거워했다. 이듬해엔 물레 체험이 많아지고 가격도 내려가서 재미를 보진 못했다. 아마 내 인생 처음으로 수요와 공급에 대해 진지하게 생각했던 때가 아닐까 한다.

시작했던 때를 떠올리면 힘들었던 기억보다는 즐겁고 행복했단 생각이 더 크다. 이것저것 연구하고 테스트해 보느라 그럴듯한 결과물은 없는 나날이었지만 그 안에서 작은 발전과 재미있는 요소들을 찾아냈다. 코끝 시린 작업실에서 먹는 최고의 라면 맛은 더 이상 찾을 수 없다. 그때가 우리 인생에 좋았던 시기였음을 당시에도 알고 있었다. 모든 것이 즐길 거리로 가득했다. 차근차근 하나씩 쌓아 올리듯 만들어가는 작업실도 즐거웠고 연탄에 석쇠를 얹고 구워 먹는 싸구려 고기에 소주도 좋았다. 추운 겨울에 스리슬쩍 들어와 졸고 있는 동네 길고양이들을 보고 웃고, 우물물을 고무대야 크게 길어 오다 쏟고는 배를 잡고 웃기도 했다. 책임질 것은 하나도 없었으니 당연했다. 따뜻한 밥과 따뜻한 잠자리가 부모님 집에 언제든 준비되어 있었고 대학원을 갓 졸업한 사회 초년생에게 거는 기대치는 낮았다. 마음 편한 시기였다.

우리가 작업실을 차리고 작가의 길을 걷기로 마음먹었다니 선배들이 해준 얘기가 있다. "3년만 버텨라. 그 3년을 버티고 나면 또 그다음 3년을 버텨라." 가고자 하는 길을 미리 걸어본 사람들의 충고는 쉬이 잊히지가 않는다. 그 뒤로 정말 3년씩 버텼다. 3년을 버티니 조금씩 길이 보였다.

버틴다는 게 꼭 힘든 것만은 아니었다. 물론 힘든 날도 있었지만 그 또한 어떻게든 지나갈 것이라 생각했다. 그렇게 3년, 3년, 3년을 버티고 또 3년을 버티고 있다. 시작했던 때의 추위와 라면, 비가 새는 가마실은 아니지만 여전히 버티는 것은 비슷하다. 그리고 즐기는 마음도. 오늘이 제일 좋은 날일거란 믿음도 여전하다.

토 림 도 예 의   진 짜   시 작

모든 사람의 인생에 기회가 적어도 한 번은 온다고 믿는다. 다만 그 기회를 만났을 때 스스로 얼마나 준비되어 있는지에 따라 결과는 달라질 것이다. 꾸준히 한 가지 분야를 꾸려나가는 것은 기회를 만날 준비를 계속해 나가는 일이다. 토림도예가 만난 가장 큰 기회는 브랜딩을 진행한 것이었다. 머릿속으로 구상하는 토림도예는 굉장히 명확했다.

나와 비슷한 젊은 층에게 차 마시는 문화를 쉽게 느낄 수 있게 하고 싶다.
나이를 불문하고 집이나 회사에서 커피를 마시듯 장소에 구애받지 않고 편하게 차를 즐기게 하고 싶다.

이 부분에 대한 고민을 하고 있던 찰나, 브랜딩을 해보자는 팀을 만났고 이야기를 나누어보니 결이 비슷해서 큰마음 먹고 진행하기로 했다. 이후 미팅을 가질 때마다 함께 차를 마셨다. 토림도예라는 브랜드에 대한 이해도를 높이는 방법은 내가 말로 설명하는 것보다 함께 차를 마시며 나누는 대화에서 느껴질 수 있을 거라고 생각했다. 그렇게 차를 마시며 이야기를 나누다 보니 오히려 진행해 주던 팀에서 의문을 가지게 되었다. "이 좋은 문화를 왜 젊은 층들은 향유하지 못할까요?" 그 질문에 나도 쉽게 답하지 못했다.

신 작가는 어머니의 영향으로 어려서부터 차를 물처럼 접했고, 나도 신 작가를 만나며 20대 초반부터 자연스레 차 생활을 시작했기에 다른 시야를 갖기 어려웠을 테다. 그 질문을 풀어나가는 일이 토림도예의 최대 과제처럼 느껴졌다. 그런데 차를 완전히 새로운 방향에서 바라보는 팀과 찻자리를 깊게 가지면서 그 답을 꼭 우리 안에서만 찾을 필요는 없겠다는 생각이 들었다. 그리고 브랜딩 팀의 제안으로 크라우드 펀딩에 도전해 보기로 했다. IT 계열이 강세인 플랫폼에서 차 문화가, 작가의 작품이, 게다가 생소한 다기가 과연 사람들의 관심을 끌 수 있을까. 궁금했다.

차근차근 준비한 후에 오픈을 앞두고는 소풍을 기다리는 것처럼 설렜다. 500만 원을 달성하면 대성공이라고 호탕하게 웃으면서. 오픈 첫날, 태어난 지 5개월 된 딸아이와 낮잠을 자고 일어나 보니 500만 원은 오픈 5분 만에 넘어서 있었다. 이후 목표의 다섯 배 가까운 달성에 기뻐할 새도 없이 신 작가는 부랴부랴 작업에 돌입했다. 3주의 펀딩 기간에 〈효리네 민박〉이 방영되면서 차에 대한 관심이 높아진 것도 한몫했을 것이다. 이후로 두 달간 개완 144개, 숙우 100개, 찻잔 400개를 만들어 보냈다. 이 많은 수량을 빚어낸 신 작가도, 낮에는 육아와 밤에는 작업을 병행한 나 자신도 대견했지만, 제 일처럼 발 벗고 도와준 브랜딩 팀*에게도 고마웠다. 모두 함께한 결과였다. 우리의 뜻깊었던 새로운 시작점.

기회만 주어진다면, 접점만 생겨난다면, 누구나 즐길 준비가 되어 있다는 걸 확인했다. 차 문화를 모두가 쉽고 편하게 향유하기를.

---

* 이 브랜딩 팀은 차를 정말로 좋아하게 됐고 결국 '맥파이앤타이거'라는 이름의 차 브랜드를 런칭했다. 신선한 시선으로 차를 풀어나가는 태도가 존경스럽기도 하고 자극이 되기도 한다.

예 술 품 과   공 산 품   사 이

작가라는 이름을 달고 작업을 한 지 10년 남짓 되었다. 작
가란 문학 작품, 사진, 그림, 조각 따위의 예술품을 창작하
는 사람을 일컫는다. 그가 만든 예술품은 작가의 사상과 고
민, 철학을 담아내야 할 것이다. 그런데 공예품은 예술품
과 조금 다르다. 생활 속에 밀접하게 닿아 사용할 수 있다
는 점에서 공예 분야는 언제나 공산품과 예술품 사이에서
고뇌한다.

　가끔 이런 질문들을 받곤 한다. "왜 토림도예는 찍어내
듯 똑같은 기물을 만드나요? 그것이 예술적 가치가 있나
요?" 어찌 보면 우리를 꽤나 잘 이해하는 질문이기도 하다.

　언제나 똑같은 기물을 만들어내는 데 노력을 쏟는 이유
는 내가 사용자였을 때의 아쉬움 때문이다. 이천·여주 도
자기 축제에서 우연히 구입한 어느 작가님의 접시가 너무

좋아 이듬해 다시 방문한 적이 있었다. 세트로 된 접시 중 하나가 깨져서 다시 구매하러 찾아간 것이었는데 마치 다른 공방을 방문한 것 같은 그릇들에 당황해하며 나왔다. 부스 이름을 몇 번이나 확인하고 내 기억이 잘못되었을까 다른 부스까지 모두 찾아보았지만 내가 아꼈던 그 접시는 구입할 수 없었다. 이 아쉬움조차 공예의 매력이라 할 수 있지만 그때는 실망감이 더 컸다. 내가 만드는 물건은 사용자가 만족해 더 가지고 싶어졌을 때 더 나아진 같은 물건이 있기를 바랐고, 지금도 그 생각엔 변함이 없다. 이것이 토림도예가 같은 물건을 계속해서 만들어내는 이유가 됐다.

그럼 여기에 어떤 예술적 가치가 있을까? 공예의 매력은 인내에 있다고 생각한다. 같은 행위를 수천수만 번 참아내며 반복해서 만들어내는 물건, 그것이 공예품이다. 그런 것을 오랫동안 행하거나 만들어온 사람을 장인이라 부르기도 한다. 장인은 만들어내는 물건이 극에 달해 예술품이 되기도 하고, 행위 자체가 예술이 되기도 한다. 정말 멋지고 대단한 일이다.

현대사회에서 공산품은 디자인과 사용성, 편의성, 경제성까지 완벽한 물건이다. 처음 만들어지는 물건과 마지막에 만들어지는 물건이 똑같다. 생산이 이루어지기 전부터 생산성이나 배송의 편리함, 보관의 용이성 등의 이유로 많은 부분이 다듬어지고 버려진다. 그래서 완벽하지만, 완벽하지 않다.

공예품이 사랑받는 건 공예 작가가 만들어내는 모든 물건에 담기는 인내와 고뇌 때문이 아닐까. 공예품은 똑같은 물건도 처음 만들어낸 물건과 지금, 그리고 앞으로 만들어질 모든 물건이 다르다. 그것이 더 좋아질 수도 더 나빠질 수도 있지만, 적어도 지금 내가 만들고 있는 물건은 어제 내가 만든 것보다 더 많은 인내와 고민이 담겨 있다.

비록 누군가는 그것이 전혀 예술적이지도 새롭지도, 의미가 있지도 않다고 말할지도 모른다. 고민 없는 쉬운 일 아니냐고 할 수도 있다. 그렇지만 내가 정한 기준은 확고하고, 스스로에겐 언제나 높은 벽이다. 그 벽의 높이에 따라 공예가가 만들어내는 물건의 깊이가 달라진다고 믿는다. 이 길이 맞는지 틀렸는지는 의미가 없다. 그저 내가 정했고, 가야 한다고 생각하기 때문에 하는 것뿐이다.

많은 공예가가 저마다의 길을 그저 꾸준히 나아가고 있

다. 길의 방향이 맞는지 틀렸는지는 사용자가 판단할 것이다. 토림도예는 아림이 방향을 정하고 토림이 길을 판다. 그렇기에 서로 더욱 믿고 나갈 수 있다. 이걸 혼자 해내는 분들도 많이 계신데, 항상 대단하다고 생각한다.

같은 물건을 만들어낼 때마다 연구하고 발전시켜야 하는 부분들이 눈에 더 잘 보인다. 손봐야 할 곳이 늘어난다. 다른 이들이 보기엔 '찍어내듯 똑같은' 기물일지 몰라도 우리에게는 모두 달라서 같은 행위를 반복하면서도 반복처럼 느껴지지가 않는다. 수천수만 번도 더하리라.

달 팽 이 처 럼

작업실이 돌아가는 속도는 언제나 비슷하다. 그런데도 늘
바쁜 이유는 뭘까.

 주문 건과는 별개로 한 해를 보내며 긴 호흡으로 진행하
는 일들이 있다. 가장 중요한 것은 만든 도자기를 직접 사
용해 보는 것. 다기란 차를 우려내고 담아 마시는 기물이
기 때문에 적절한 기능과 좋은 사용감을 갖춰야 한다. 새
로운 기물을 만들어 판매를 시작하기 전까지 이런저런 차
를 우려서 마셔보곤 한다. 계절 내내 보이차를, 봄에는 햇
녹차를, 여름엔 백차를, 가을에는 청차나 홍차를 마시는데
다구에 따라 차의 맛이나 향이 달라지는 것을 느낄 수 있
다. 기물에 따라 다르지만 대략 3개월에서 1년 정도를 써
보면 우리가 만든 기물의 장단점이 정리된다. 그렇게 하나
씩 하나씩 수정을 거치다 보면 최종적으로 판매를 시작하
기까지 시간이 꽤나 걸릴 수밖에 없다. 이전과 비교해 보았

을 때 어쩌면 아무도 알아채지 못할 작은 부분일 수도 있다. 하지만 모든 단계를 거치고 나면 작은 변화들이 모여 큰 변화로 다가온다.

변화가 빠른 세상에서 우리의 변화는 눈에 보이지 않을지도 모르겠다. 하지만 내부에서는 작은 실험들을 쌓아가며 바쁜 나날을 보내고 있다. 달팽이의 속도로 아주 조금씩 조금씩. 움직임이나 변화가 잘 보이지 않지만 잠시 한눈팔다 돌아보면 저 멀리 성큼 가 있는 그런 달팽이. 우린 달팽이처럼 바쁘다.

적 당 히 를   모 르 고

어느 해는 달팽이 같은 바쁨이 아니라 폭주기관차처럼 바쁘게 돌아간 적도 있다. 개인 주문 건이 아닌 외부 프로젝트가 많을 때였다. 큰일은 대부분 서울에서 이루어지니 이동에도 품이 든다.

어느 날엔 운전을 하던 중 아이가 열이 많이 나 힘들어한다는 선생님의 전화를 받았다. 당장 달려갈 수도 없고 무엇을 위해 이렇게 바쁘고 힘들게 사는지, 답답한 마음이 들었다. 순간 눈앞이 뿌옇게 흐려지며 운전을 할 수가 없었다. 과호흡이 오는 바람에 비상등을 켜고 갓길에 차를 댄 뒤 한참을 울었다. 그날 이후 이듬해의 계획은 무조건 '적당히'가 되었다.

요즘은 작가라고 해도 작업뿐 아니라 브랜딩, 마케팅, 영업, 회계 등 큰 회사라면 팀별로 나누어서 처리하는 모든 일을 오롯이 해내야 한다. 무언가를 만들어 판매하고 그것으로 생계를 유지하는 직군의 사람이라면 비슷한 고민과 어려움을 느낄 거라 생각한다. 작업만 잘해서는 안 된다는. 그렇게 앞만 보고 달리면서 짬짬이 자잘한 일들을 계속 처리하다 보면 시간은 늘 빠듯하고 적당히 하는 법을 모르게 된다. 비상등이 필요한 때가 온다.

적당히를 목표로 삼고 한 해가 갔다. 코로나가 닥치면서 계획했던 일들의 반은 하지 못했다. 예전이라면 할 수 없는 상황부터가 스트레스였을 법도 한데 막상 올해를 정리하며 돌이켜 보니 어쩔 수 없이 못했기 때문에 적당히 지낼 수 있었던 것 같다. 할 수 있는 상황이었다면 적당히의 기준을 모른 채 내달리고 있었을 터였다. 여전히 그 기준을 만들어가는 중이다. 이제 해야만 하는 일, 하면 좋은 일, 하고 싶은 일, 안 해도 될 일, 하지 말아야 할 일을 정리하려 한다. 나의 리듬을 찾아가는 과정일 테다.

무 거 워 질   때

스트레스가 쌓이고 생각이 꼬리에 꼬리를 물 때, 마음을 차분하게 달래려 차를 찾게 된다. 뜨거운 차 한잔을 후후 불어가며 마시다 보면 어느 정도 생각이 정리되거나 사라진다. 이도 저도 안 될 땐 그냥 최대한 멍하니 있으려고 하는 편인데 오늘은 유독 무거운 기분이 오래간다. 이럴 땐 파도문이나 물결문이 들어간 개완을 꺼낸다. 눈으로 문양을 따라가며 차를 마시다 보면 어느새 문양 자체에 집중하고 있는 자신을 깨닫는다. 무거웠던 마음은 잔잔해지고 생각들도 옅어졌다.

밤 의 차 실 에 서

매일 눈을 뜨고 잠드는 순간까지 떨어질 일이 별로 없는 신 작가와 나는 종종 차실 데이트를 한다. 밤 열 시에 차실에 서 만나자는 메시지를 보내놓으면 함께 집에 있다가도 스 윽 일어나 차실에서 다시 만난다. 이런저런 이야기를 하며 우리만의 놀이 겸 데이트를 시작한다. 같은 차를 여러 종류 의 다기에 우려보기. 유리 다관, 도자기 다관, 유리 개완, 도자기 개완. 보통은 이렇게 네 종류에 우리곤 하는데 미묘 하게 맛과 향이 다르다. 용량이나 형태가 일정하지 않아서 인 탓도 있겠지만 재질이 주는 차이도 있을 것이다. 그다음 놀이는 한 다기에서 우린 차를 각각 다른 잔에 따라서 마셔 보기. 찻잔의 소재가 나무인지, 금속인지에 따라 확연하게 다르고 도자기일지라도 흙의 종류에 따라, 유약에 따라 약 간씩 다르다. 과학적인 원인이 있겠지만 우리의 놀이에서 는 그저 미각과 후각을 이용한 주관적인 평가로 끝난다.

밤 열 시의 데이트는 언뜻 쓸모없어 보이는 놀이로 대부분 지나가는데 이런 놀이를 하다 보면 조금씩 체득하게 되는 것들이 있다. 정확한 인과관계를 알 수 없으니 함부로 단언하기는 어렵지만, 예를 들어 녹차를 우릴 때 백자나 유리 재질 외에는 확실히 차의 맛이 옅어졌다. 이를 '차를 먹는다'라고 표현하곤 하는데 다기 자체에서 맛을 흡수하는 경우를 말한다. 기공이 큰 소지(흙)이거나 철분이 많이 함유된 소지일 경우 그 특징이 강했다. 이렇게 쌓인 정보들은 작업의 기준을 만드는 데 도움을 준다.

새로운 잔을 디자인하기 위해 한동안 와인잔을 연구했다. 와인잔과 우리가 만드는 찻잔은 비슷한 목표를 가지고 있다. 담기는 음료의 맛과 향을 최대한 느낄 수 있도록 하는 것. 와인은 종류에 따라 사용하는 잔의 형태가 정해져 있고 두께가 얇고 강도가 높은 잔을 고급으로 친다. 왜 우리가 만드는 찻잔이 얇은지 근거가 돼줄 수 있지 않을까? 잔의 두께는 입에 닿는 촉감에도 영향을 끼치지만, 잔을 지나 입으로 들어오는 순간의 느낌에도 영향을 준다. 둔탁한 느낌의 잔은 입술의 감각에 집중을 흐트러뜨리고 차의 맛과 온도에 영향을 준다. 그렇다고 얇은 잔이 차를 마시는 데 정답이라는 것은 아니다. 맞고 틀리고는 없다. 그저 기준과 취향의 차이일 뿐이다.

다기는 볼 때도 즐거워야 하지만 쓰일 때 더욱 즐겁기를
바란다. 차의 맛과 향을 더 좋게 한다면 그것이 좋은 다기
일 것이다. 기쁨까지 있다면 더할 나위 없다. 보아도 좋고
사용했을 때도 좋은 다기를 만드는 일은 참 쉽지 않다. 깔
끔하게 정답이 있지 않은 분야는 스스로의 선택에 대한 이
유를 설명해야 하고 가끔은 취향을 설득해야 할 때가 있다.
왜 그리하였는지 확고한 마음이 없다면 어려운 일이다.

버 려 지 는 것 을 위 한 아 름 다 움

쓰레기통은 지저분하게 버려지는 것들을 담는 것도 안타까
운데 예쁜 것을 찾기가 참 어렵다. 결혼을 하고 집을 짓고,
하나하나 가구들을 채워갈 때 선택에 어려움을 안겨주었던
쓰레기통. 수십 개의 쓰레기통을 찾아보았지만 마음에 드
는 것을 찾을 수 없었다. 이 글을 쓰며 마주 보고 있는 쓰레
기통 역시…. 열심히 할 일을 해주고 있어 고맙지만 미안하
게도 성에 차지 않는다.

차실에 앉았다. 전시를 준비하는 가열찬 토의를 하면서
손은 분주히 메모도 하며 차도 우린다. 와중에 여러 종류
의 차를 바꿔가면서 마신다. 회의하며 마시는 차라고 대충
아무거나 물맛만 날 때까지 우려 마실 순 없다. 세 번쯤 차
를 바꿨을까, 문득 찻자리 제일 구석에 있는 기물에 눈이
간다. 매일 닦고, 삶고, 물기도 잘 말려 보관하는 개완이나
찻잔과는 다르게 조용히 구석에서, 조금은 지저분한 채로

있는 퇴수기. 다 우러난 여러 종류의 찻잎이 지저분하게 들어차 있다.

'쓰레기통이야 내가 직접 만들 수 없어 그렇다 치지만 퇴수기는 내가 맘에 들게 만들면 되잖아?'

또다시 새로운 회의다.

사이즈가 정해져 있는가? NO
색상이나 형태에 지켜야 할 규칙이 있는가? NO
흙이나 유약이 기능에 영향을 주는가? NO, 물만 새지 않으면 된다.
지금 사용하는 퇴수기는 뭐가 문제지? 테이블에서 자리를 많이 차지하고 못생겼다. 속이 다 보여 지저분해 보인다.

요즘의 찻자리에 맞는 사이즈를 고민해 보자. 공간을 많이 차지하지 않게, 테이블에서 여러 용도로 쓸 수 있으면 더 좋겠다. 색상이나 형태에 규칙은 없지만 자리의 구석을 담당하는 만큼 너무 튀지는 않게, 그리고 주연급의 다른 기물들과 동떨어지지 않는 디자인을 해보자.

2016년 가을이었다. 한국에서 대부분의 찻자리엔 사발 형태의 큰 퇴수기가 자리 잡고 있었다. 나도 아무 생각 없이 그런 퇴수기를 쓰고 있었는데 부지불식간 눈에 띈 것이다. 그때부터 퇴수기를 작업했다. 이듬해인 2017년에는 '테이블 퇴수기'라는 이름으로 선보일 수 있었다.

넓은 차탁이 아닌 작은 테이블에서 차를 마시는 사람들을 위해 조금은 작게, 찻잎을 넣고 버린 차가 들어 있어도 보이지 않게 뚜껑을 만들었고 차를 부어서 버릴 때도 많으니 뚜껑에 구멍을 뚫었다. 구멍까지 뚫으니 차를 마실 땐 퇴수기로, 또 보통 때엔 침봉꽂이용 화기로도 쓸 수 있었다. 여러모로 마음에 든다. 이제 쓰레기통만 찾으면 될 것 같다.

함 께 하 는 일 의 기 쁨

도자기를 만드는 일이란 세상에서 고립되어도 해나갈 수 있는 일들 중 하나다. 기획부터 결과물을 만들어내기까지 누구의 간섭이나 지시를 받지 않고 혼자 할 수 있는 일은 생각보다 많지 않다. 그래서 좋은 점도 있지만 반대로 안 좋은 점도 있다. 작업에만 빠져 TV도 SNS도 보지 않고 세상 돌아가는 일을 하나도 모를 때가 가끔 있다. 누군가 와서 이런 일이 있고 저런 일이 있었는데 어떻게 생각하느냐는 질문에 그런 일이 있는지도 몰랐다며 황급히 뉴스를 본 적도 있다. 게다가 산속에 살다 보니 빠르게 변하는 바깥의 일들이 멀게 느껴지기도 한다.

이런 고립의 삶 중에 종종 의외의 곳에서 연락을 받을 때가 있다. 다기와는 관련이 없는 곳에서 협업을 제안해 오는 경우다. 세상에 관심을 가질 좋은 기회다. 협업은 서로 누가 되지 않기 위해 신중에 신중을 기한다. 기획 의도와 원하는 결과물에 대해 충분히 협의하고 진행하는데, 이 때 우리가 할 수 있는 일과 하지 못하는 일을 확실히 해야 나중에 탈이 없다. 일정도 최대한 여유 있게 잡는다. 당장 은 열의에 가득 차 금방이라도 해낼 수 있을 것 같지만 막 상 작업에 들어가면 마음처럼 되지 않는 경우가 태반이다. 개인과의 협업이라면 일정 조율에 문제가 없지만 업체와의 협업은 신뢰의 문제를 넘어서 큰일이 된다.

이런 여러 이유로 협업을 시작하기까지는 조심스럽게 접 근하지만, 그럼에도 모든 것이 정리되고 실무가 시작되면 그만큼 흥미로운 일이 없다. 기획에 따라 평소에 하던 작 업의 연장인 경우도 있지만 전혀 다른 작업을 해야 하는 경 우도 있다. 한 예로 모 화장품 업체로부터 새로 출시할 화 장품 라인의 용기 디자인을 위한 모티프 작업을 의뢰받은 적이 있다. 우리가 작업하고 싶은 대로 우리만의 선을 살 린 도자기를 만들어달라는 내용이었다. 작은 사이즈의 다 기만 작업하다가 토림도예의 라인이 담긴 큰 오브제 작업 을 하니 환기도 되고 내내 즐거웠다. 디자인적인 측면에서 인정받았다는 느낌에 뿌듯하기도 했다. 이런 협업 작업이 좋은 또 다른 이유는 여러 방향으로 일의 프로세스를 배울 수 있다는 점이다. 대기업의 일 진행 방식, 처리 순서, 하다 못해 계약서를 쓰는 법까지 배울 수 있었다.

  업체와의 협업 외에 작가들과의 협업도 못지않게 배울
점이 많다. 토림도에 초창기부터 목표했던 일 중 하나가 다
른 물성의 작업을 함께하는 것이어서 지금까지 총 세 번 '갖
고 싶어 만드는 시리즈'라는 이름의 프로젝트를 진행했다.
평소 좋아하던 금속 작가 두 분과 목공 작가 한 분이 함께
해 주셨는데, 그들의 작품을 보다가 자연스레 같이하고 싶
은 작업이 떠올랐다. 감사하게도 부족한 기획과 제안에 흔
쾌히 응해주셔서 마음에 드는 결과물을 낼 수 있었다.

  작가들과의 협업은 작품을 함께 기획해 만들어내는 것
말고도 많은 결과를 낳는다. 가장 큰 결과는 작업과 작품
을 대하는 다른 태도를 접할 수 있다는 것. 작업을 하는 것
은 비슷해 보이지만 모두 결이 다르고 과정도 다르다. 내
가 생각지 못했던 부분을 더욱 보완할 수 있게 된다. 게다
가 나의 수집장이 차곡차곡 채워지는 기쁨 또한 큰 결과물
이다. 오래된 금강송을 조각칼로 하나하나 깎아 만든 잔받
침과 다하*, 굽이 없이 아랫부분이 둥그런 개완이나 잔을

---

* 찻잎을 보기 위해 덜어두거나 차를 뜨는 용도의 다구.

올려두는 용도의 황동받침, 무심한 결이 흐르는 러프한 느
낌의 향로 뚜껑까지. 여러모로 흡족하다.

혼자서 모든 것을 해나가는 나의 일을 좋아한다. 작게
스스로 쌓아가는 발전도 좋지만 이렇게 타인에게서 배우
는 발전이 더 큰 한 발자국이 될 때가 있다.

정 반 합

토림도예라는 이름으로 다기를 만들며 지금까지 변하지 않고 지켜온 규칙이 있다.

첫째, 소지나 유약으로 차의 맛에 영향을 과하게 주지 않을 것.

둘째, 영향을 준다면 맛을 더 좋은 쪽으로 끌어낼 수 있는 소지나 유약을 찾을 것.

셋째, 미를 강조하기 위해 기능을 버리지 않을 것.

넷째, 기능만 좋은 것이 아니라 보기에도 아름다울 것.

이 네 가지를 가장 중요한 기준으로 삼고 작업해 왔다. 1250도 이상의 고온에도 버티는 흙으로 소성하면 덜하긴 하지만 그럼에도 소지와 유약은 여전히 차의 맛에 영향을 준다. 어느 찻집에서는 차와 가장 잘 맞는 물과 다기를 찾기 위해 수많은 테스트를 거칠 만큼 찻잎 자체만이 아니라 찻잎을 우리는 물과 다기 역시 중요하다. 그래서 새로운 기물이 나오면 차를 깊게 마시는 이들을 찾아가 피드백을 받았다. 문제가 있다면 아무리 공들였고 아름다워도 과감히 버리는 쪽을 택했다. 그리고 일상생활에서 편안히 차를 마시기 위한 다기가 우리의 방향이므로 사용해 보며 불편한 부분들을 계속해서 개선했다.

여전히 새로운 기물을 작업할 때마다 이 네 가지 기준을 먼저 생각한다. 토림도예를 시작하고 지난 10여 년간 이 기준을 '정正'이라 생각하며 작업해 왔다. 그동안 아무리 좋은 생각이 떠올라도 '정'에 부합하지 않으면 시도조차 하지 않고 생각에서 그쳤다.

그러던 어느 날 차실에 가만히 앉아 도자기들을 쳐다보는데 문득 다른 생각이 떠올랐다. 공예도 예술의 한 분야인데 우리가 스스로를 우물에 가둔 개구리가 되어가고 있는 건 아닐까? 지난 시간 동안 기준을 유지하며 발전해 왔다면 앞으로는 변화를 꾀해보는 건 어떨까? 노트를 꺼내들고 앞선 기준과 반대되거나 그로 인해 버렸던 기준들을 적어봤다.

첫째, 차의 맛에 영향을 주더라도 미감이 훌륭한 소지나 유약.

둘째, 기능이 출중하지는 않더라도 관상을 위해 양보할 수 있는 정도.

셋째, 무용하더라도 아름다운 것.

넷째, 의도되지 않은 자연스러움.

다시 새로운 시도다. 2020년에 있었던 첫 번째 개인전이 토림도예의 시작부터 10년을 보여주는 '정'에 관한 전시였다면 두 번째 개인전은 그와 다른 방향을 보여주는 '반反'에 관한 전시가 될 테다. 이렇게 반복하다 보면 어떤 이상향에 닿을 수 있지 않을까. 결국은 정반합正反合이다. 우리만의 기준을 세우고 지키고 또 뒤엎으며 계속해서 차분히 나아간다면 언젠가 합에 도달하리라.

다 시   시 작

시작, 출발, 새로움. 이 단어들이 주는 공통된 느낌은 설렘이 아닐까. 작업 중에서 가장 설레는 시간이 언제냐 물으면 단연코 새로운 도자기를 구상하고 디자인할 때다. 틈이 날 때마다 형태에 변화를 주는 스케치나 새로운 기물에 대한 아이디어 회의를 해보지만 실제 결과물로 나오는 것은 100개 중에 한 개가 될까 말까다.

요즘엔 새로운 전시를 준비 중이다. 초창기의 계획은 신 작가와 내가 각자 자신의 작업을 가지고 가는 것이었는데 임신과 출산, 육아라는 큰 산에 어쩌다 보니 지금처럼 공동의 작업으로 흘러왔다. 부부가 한 가지의 목표로 하나의 브랜드를 운영하는 것이 더 나은 선택이었음을 지금은 알지만 어쩔 수 없었던 그 시절엔 나만의 작업이 없다는 것이 상당한 스트레스의 요인이었다. 한 명의 '나'라는 존재로만 살아오다가 누군가의 아내, 누군가의 엄마라는 역할이 주어지며 작가로서 목표한 길을 멈추게 된 것 같아 더욱 혼란스러웠다. 인정과 적응의 시간을 거쳐 오늘에 이르기까지 많은 생각들이 오갔다.

내가 줄곧 하고 싶었던 작업은 향 도구였다. 향을 사르는 시간만큼은 쉼 없는 머릿속이 잠시나마 맑아지곤 했다. 한참 향을 배우고 향 도구를 구상할 무렵 아이를 가졌고 이후로는 기약 없이 밀리게 됐다.

아이가 어느 정도 크고 나니 이제 내 작업을 위한 시간을 낼 수 있다. 여전히 주어진 많은 일들 안에서 빠듯하게 해내야 하지만, 그것만으로도 얼마나 행복한지. 아침에 정신없이 아이를 등원시킨 후 집을 정돈하고 향을 태우고 차 한 잔을 내린다. 이제 나만의 작업에 빠져든다. 새로운 시도라 시행착오가 많지만, 나의 끊임없는 노질에 언제나 닻을 내리고 돛을 거두는 신 작가가 곁에 있어 다행이다. 마침 전시도 잡혔고 작업도 즐거우니 이대로 순항이기를 바라본다.

향 연

향 도구 작업의 시작은 숨 쉴 구멍을 만들기 위해서였다. 작업에 치여 쌓인 괴로움을 또 다른 작업으로 풀어낸다는 게 말이 되는가 싶지만 향 도구 작업을 하기로 마음먹고 쉬는 시간을 쪼개 틈틈이 스케치를 하고 구상을 해나가는 게 정말 즐거웠다. 밤마다 바통 터치를 하듯 육아와 작업을 바꿔가며 신 작가와 내달렸음에도 둘 다 지치지 않았다. 스케치를 하고 흙으로 만들어보고 괜찮으면 초벌과 재벌까지 때보며 결과물들을 확인하고 계속해서 보완했다. 두 달간을 이렇게 작업을 했는데도 즐거울 수 있다는 게 신기했다. 최종적으로 내가 작업한 기물들은 기존 스타일과 너무나 다르다는 이유로 전시에 거의 선보이진 않았지만 준비하고 샘플을 만들어내는 시간 내내 즐거웠으니 그것으로도 충전이 되었다. 그리고 내가 좋아하는 스타일의 향로를 가졌으니 나만의 시간을 제대로 완성할 수 있게 되었다.

향 도구는 선향꽂이*를 제외하곤 용도를 금방 알 수 없는 것들도 있다. 격화훈향**에 사용되는 향로도 그렇고, 향전법***에서 사용하는 넓적한 향로도 마찬가지다. 심지어 도구들은 어디에 쓰이는지도 알 수 없게 생긴 것들이 대부분인데 깃털이 달려 있다거나 젓가락처럼 생겼거나 곤봉처럼 생긴 것들도 있다. 처음 향도를 접하고 도구들에 익숙해지며 용도를 알아가는 재미가 쏠쏠했다. 배워가는 단계에서부터 재미있는 것들은 일상에 자연스레 스며든다. 매일 향을 사르는 시간이 정해진 것도, 가끔 마음을 정돈하고 싶을 때 꺼내드는 향로들도 이렇게 내 삶에 들어왔다.

멍하니 향연을 감상하다 보면 규칙적인 듯 규칙적이지 않은 선들이 존재한다. 다 타들어 재가 되어 사라질 때까지 끊임없이 이어지는 향연을 보고 있노라면 어느새 잡념이 사라지는 나를 만난다. 쓸데없는 생각에 사로잡혀 마음이 무거운 날엔 오히려 짧은 길이의 향을 사른다. 재가 소

---

* 요즘에는 인센스홀더라고 불리는 경우가 더 많다.

** 품향하는 방법 중 하나로 운모편, 은엽 등을 사용해 향 가루가 숯에 직접 닿지 않도록 멀리 떨어져 훈향하는 법이다. 불에 향이 직접 닿지 않아 연기가 나지 않고 향기만 맡을 수 있어 향도에서 가장 선호하는 방법이기도 하다.

*** 향의 모양을 내는 틀을 향전이라고 하는데 이를 사용해 향분을 틀에 넣고 그 모양대로 타는 모습을 즐기는 것.

복하게 쌓인 향로에 불 붙인 향을 넣고 뚜껑을 닫으면 이내 구멍 사이로 올라오는 향연을 볼 수 있는데, '딱 저 향연이 올라올 때까지만 생각하자. 향연이 사라지면 이 생각도 이 감정도 사라질 거야' 하고 마음먹는다. 이렇게 마음먹는다고 생각과 감정이 바로 정리되는 것은 아니지만 신기하게도 어느 정도 정돈되거나 이내 사라지는 것을 느낄 수 있다. 내가 향 도구 작업을 즐거워했던 이유는 이런 모든 시간이 내재되어 있기 때문일 것이다.

오전 열 시가 되었다. 낮게 드는 겨울 해는 집안 깊숙한 곳까지 빛을 가져온다. 물건들을 정리하고 화분을 거실 가운데로 꺼내 햇빛을 듬뿍 쏘여준다. 그리고 뜨거운 차 한 잔과 짧게 자른 선향 하나, 마음이 정리된다.

오 래 도 록

겨울이 지나고 봄이 오면, 나도 모르게 자라난 식물들이 보이곤 한다. '잡초'라고 불리는 이 식물들은 분명 존재의 이유가 어딘가 있을 테지만 나는 그 이유를 찾지 못해 금세 내 손에 뽑히고 만다. 늦봄부터 여름 내내 오며 가며, 전화 통화를 하며, 주말에 시간을 내어가며 제초 작업에 열심인데 가끔 내 눈을 피해 용케 살아남은 식물들이 생각보다 멋진 꽃들을 보여준다. 게다가 그 질긴 생명력을 보여주기라도 하듯 오래도록 시들지 않고 피어 있다.

작업실 문 바로 앞에 제비꽃이 피었다. 잔디를 깔아둔 곳이라 잔디 외에는 뽑아버리는데 항상 지나다니는 길이고 제법 눈에 띄는 위치인데도 어떻게 꽃을 피울 때까지 남아 있었을까? 한데 참 오래도 피어 있다. 이제는 아침에 일어나 '오늘도 피어 있나?'라는 마음으로 확인까지 하고 있다.

아, 너의 존재의 이유는 이것이구나.

꼭 모든 것에 의도가 있고 의미가 있어야만 하는 것이 아니구나. 어찌 보면 무의미하고 무용하고 무정한 것들조차 그 끝은 찬란함일 수 있겠구나. 이 당연한 사실을 몸소 보여주려고 내 눈을 피하고 호미질을 피하고 밟히는 것을 피해 가며 그곳에 피었구나.

파도문 보름달

임신 중기에 멀리 부산으로 가야 하는 일이 있었다. 안전한 기간이 아닌 데다가 몸 상태도 갈 수 있을지 여부를 알 수 없었던 터라 바다를 보고 싶은 마음을 담아 파도를 그렸다. 꼭 부산 여행을 할 수 있기를 빌며 보름달도 새겨 넣었다.

다행히 느리고 긴 속도로 아주 자주 쉬어가며 부산까지 무사히 도착했고, 설레는 마음으로 바다를 마주했을 때의 환희를 잊을 수가 없다. 그날은 눈부시도록 아름다웠다. 아직도 사진을 찾아가며 볼 정도로 인생에서 손에 꼽게 좋아하는 날이다.

파도를 보고 그려서 파도문일 거라 생각하는 분들이 많은데, 파도를 보고 싶어서 파도를 상상하며 그렸다는 것이 맞다. 내가 느끼는 나만의 파도. 그리고 염원을 담은 보름달.

포도문

안성은 포도가 유명한 곳이다. 철이 되면 길옆에 많은 노점상들이 포도를 박스째 쌓아두고 파는데 집집마다 비슷한 듯하면서도 다른 품종이며 색감을 보는 재미가 쏠쏠하다. 포도를 원료로 하는 각종 즙이나 주류도 많아 이 집 저 집 돌아다니며 고르는 재미 또한 있다. 비가 밤새 내린 다음 날 포도를 사러 농장에 들렀는데 알알이 맺힌 포도에 물기가 서려 있었다. 포도 알갱이 끝에 동그랗게 매달린 물방울이 햇빛에 반짝이던 그 모습은 마치 사파이어가 주렁주렁 매달려 있는 것 같았다. 강렬하게 내 마음에 박힌 풍경.

고양이 레오

우리 집엔 온 세상 고양이들 중 내가 가장 사랑하는 고양이, 레오와 조로가 살고 있다. 레오는 인연이었는지 처음 만나게 된일도 특별하다. 어느 날 집에 놀러 오시던 손님이 내비게이션에서 옛길을 안내해 주는 바람에 산을 타게 되었는데 좁기도좁고 풀들도 우거진 탓에 천천히 차를 몰던 중, 너무나 작은 새끼고양이 한 마리를 발견했다고 했다. 비도 오고 길 가운데서울고 있는 고양이는 비키지도 않을 기세라 내려서 길가로 옮기려는데 수풀에 덮인 작은 박스가 보이고 그 안에는 일곱 마리의 고양이가 있는 데다 이미 한 마리는 죽어 있었단다. 어느 못된 사람이 차도 거의 안 다니는 그 길에 고양이들을 버린 것인지…. 용감하게 박스를 넘어 길에서 울고 있는 한 마리가 아니었으면 나머지 고양이들은 발견도 되지 못하고 모두 죽을 뻔했다. 그분은 바로 약속을 취소하고 그 길로 고양이들을 동물병원으로 데려갔다.(천운인지 손님의 아버지가 동물병원 의사다.) 후에 이런 이야기를 하며 여섯 마리의 입양처를 알아봐야한다고 난처해 하시길래 우리 집으로 오다가 그리된 것이니 한마리는 우리가 입양하기로 했다. 대략 생후 2주쯤이었다. 하얀

바탕에 검은 무늬가 있어 오레오를 연상하며 레오라고 이름을 지어주었다. 아직 탯줄도 붙어 있고 눈도 잘 못 뜨는 데다 고양이라기보다는 새소리같이 삐약삐약 하고 우는 것이 얼마나 작고 귀엽던지…. 첫눈에 레오에게 반해버렸다.

아기 고양이를 키우는 것은 신생아를 키우는 것과 같다. 두 시간마다 고양이용 분유를 타서 먹여야 하고 먹고 나면 배변도 시켜주어야 한다. 스스로 체온 조절을 못 해서 따뜻한 수건에 감싸주어야 하고 어미처럼 핥아줄 수 없으니 물티슈로 온몸을 매일 닦아주어야 했다. 새벽잠을 쪼개어 며칠을 하고 나니 제법 손길과 냄새를 기억하는지 내 손을 따라 안기던 작은 레오. 고양이의 성장 속도는 어마어마해서 3주 정도 지나니 온 집 안을 활개 치고 다니며 귀한 도자기 안에 스스럼없이 들어가 낮잠도 자곤 했다. 뒤늦게 알았지만 나에겐 약을 먹어도 나아지지 않는 고양이 알레르기가 있어 마당냥이 되어버렸다. 딸이 태어나고 자라며 레오에게 향하는 호기심 어린 손길이 귀찮고 싫을 법도 한데 눈을 감고 참는 걸 보니 가족임을 아는 눈치다. 어느 날은 걸음이 서툰 아이의 발길에 꼬리가 밟혀도 소리 한

번 내지 않고 참아내는 걸 보았다. 동물이 사람보다 나을 때가 많다. 받고 베풀 줄 모르는 사람보다, 작은 의심으로 믿음이 흔들리는 사람보다, 표현에 인색한 사람들보다 훨씬 낫다. 오늘도 이 작은 고양이에게서 많은 것을 느끼고 배운다.

꽈리

아이가 두 손으로 소중한 보석을 쥐고 있는 것 같았다. 고사리 같은 작은 손 안에 노란 보석을 품고 있는 듯한. 처음 꽈리를 보았을 때의 느낌이다. 시장에서 종종 약재로 나오는 말린 꽈리만 봤을 땐 몰랐는데 아직 알맹이가 쪼글쪼글하게 마르지 않은 꽈리는 참 영롱했다. 가지에 달려 있는 상태로도, 열매만 따로 떨어진 상태로도 매력적인 꽈리는 여러 사람의 그림에도 등장하곤 했다. 신사임당의 그림부터 에곤 실레의 그림까지. 그리고 오늘은 나의 도자기에도.

꽈리가 예쁘다는 생각을 처음 한 건 교토로 여행을 갔을 때다. 부슬부슬 내리는 비가 새로 산 빨간 우산에 톡톡 튀기는 소리가 듣기 좋아 걷는 것도 제법 즐거웠던 그때, 함께 여행하던 친구가 꼭 가보고 싶은 곳이 있다며 데려간 디저트 가게에서였다. 외관만 봐선 도통 무엇을 하는 집인지 알 수 없었다. 선술집 같기도 우동집 같기도 했다. 잘 짜인 나무문이 아주 단정했다. 그 단정한 문을 열고 들어가니 어둑한 조명과 역시 잘 짜인 나무 바 위에 나란히 늘어선 유리돔, 그 안에 정갈한 디저트들이 눈을 사로잡았다. 초콜릿이며 까눌레, 아이스크림 등 여러 디저트와 함께 사케나 와인, 커피 등 원하는 음료를 곁들일 수 있는 곳이었다. 여러 종류의 디저트도 먹음직스러웠지만 디저트들이 담긴 유리돔이 너무 예뻐서 한참을 이리저리 구경했다. 코스 요리를 주문하니 디저트를 직접 선택할 수 있었는데 그중 가장 눈을 사로잡은 것이 바로 꽈리였다. 금땅꽈리라고 불리는 종류인데 빨간 열매가 달리는 꽈리와는 다르게 노란 꽈리집 안에 노란 꽈리 열매가 들어 있다. 잘 만들어진 디저트들 사이에 생뚱맞게 덩그러니 놓인 꽈리라니. 궁금증을 자아내기에 충분했고 이 꽈리루 어떤 디저트가 나올지 궁금해 주저 없이 선택했다. 손질을 하고 접시에 담겨 나온 꽈리는 생각보다 간단해 보였다. 앞에 먹은 초콜릿이 굉장히 진했던 터라 꽈리 맛이 느껴질까 걱정했는데 기우였다. 소스를 묻히고 설탕에 툭 찍혀 나온 꽈리는 상큼한 맛이 먼저 느껴지고 그 뒤에 오는 단맛이 오히려 입안을 개운하게 해주어 함께 마시던 음료와도 너무나 잘 어울렸다. 고작 꽈리라고 생각했는데 디저트들 중 가장 기억에 남는 맛과 비주얼이었다.

한국으로 돌아와 그 맛을 꼭 남편과 아이에게 선보이고 싶었다. 정확히 구현해 낼 순 없겠지만 꽈리의 상큼한 맛만이라도 알려주고 싶어 부랴부랴 씨앗을 구했다. 이듬해 봄, 작은 모종 화분에 씨앗을 하나하나 심어 발아시킨 뒤 화분으로 옮겨 키워낸 꽈리들은 나의 노력에 비해 고맙게도 아주 많이 열려주었다. 하루하루 식물의 생장을 바라보는 것은 작업에서 얻는 희열과는 또 다른 성취감이 있다. 더군다나 튼실하게 맺힌 열매를 보니 마치 아이 하나를 잘 키워낸 듯한 기분도 들었다.

끝이 보라색으로 물든 하얗고 작은 꽃이 잎사귀 아래 숨어 있다. 굳이 들춰가며 찾아봐야 보이는 꽈리꽃은 참 작고 소중하다. 이 작은 꽃이 떨어지고 열매가 열리면 딱 봐도 꽈리구나 싶은 형태의 초록색 주머니가 생기는데 점점 커지다 노랗게 익어 꽈리집이 마를 즈음 열매를 먹는다. 교토에서 보았던 것처럼 씨알이 크진 않아도 제법 맛이 들었다. 툭 터뜨리는 재미가

있는지 아이도 관심을 갖는다. 함께 열매를 따고 내년을 기약하며 씨를 받기 위한 몇 개를 제외하곤 모두 입속으로 쏙쏙 넣는다. 차실이 금세 상큼한 냄새로 가득 찬다. 적당히 먹고는 열매를 으깨버리는 아이지만 자극적인 맛에 물들어버린 나보다더 많은 풍미를 느꼈을 거라 생각한다. 한참을 먹고, 으깨고,꽈리집을 터뜨려가며 놀았는데도 화분에는 여전히 꽈리가 남아 있다. 가만히 보고 있자니 도형의 기본 요소인 점, 선, 면이모두 있는 식물이다. 게다가 꽤나 앙증맞다. 앙증맞고 귀여운것엔 질리질 않는다. 이 질리지 않을 식물을 그려봐야겠다고생각한 건 튼실해 보이는 꽈리들은 이미 다 따 먹은 후였다.

버들문

대부분의 그림은 내가 좋아하는 것들을 그리
지만 버들문만큼은 사랑하는 사람이 좋아하
는 것을 그렸다. 엄마가 좋아하는 버드나무.
중학교 시절, 온라인에서 사용하는 닉네임을
항상 수양버들이라고 쓰시기에 이유를 여쭈
니 "그냥 큰 나무가 하늘하늘거리는 게 예뻐
서 좋아"라고 무심하게 답하셨다. 그 뒤로 나
에게 버드나무는 엄마가 생각나는 따뜻하고
아름다운 나무가 되었다. 아이를 낳고 키우면
서 동시에 일까지 하다 보면 보통의 마음가짐
과 체력으로는 감당하기 어려운 순간이 많은
데 그럴 때마다 엄마를 생각한다. 지금의 내
나이에 엄마는 아이 셋을 키우고 계셨을 텐데
참으로 대단하고 태산같이 느껴진다.

　내가 그리는 모든 버들문은 필 하나하나에
존경과 사랑의 마음을 가득 담아 그리는 헌정
작품들….

청보리

마을 입구에 소들을 들판에 풀어놓고 키우는
곳이 있어 봄부터는 어슬렁어슬렁 걸어다니는
소들을 심심치 않게 보게 된다. 좁은 우사에
갇혀 있는 소들만 가끔 보다가, 들판에 나와
한가로이 풀을 뜯기도 하고 땅에 엎드려 멍하
니 어딘가를 바라보고 있는 소들을 보고 있노
라면 나까지 한없이 여유로워지는 느낌이다.
아마 소의 먹이로 심은 것 같은데, 매년 5월쯤
되면 다 자란 청보리가 그곳 들판에 가득이다.
오갈 때마다 차를 세워놓고 멀찍이서 소들을
보곤 했는데 그날따라 키 맞춰 자란 청보리들
이 바람에 흔들리는 모습은 장관이었다. 바람
에 뉘어져 푸르던 들판이 하얗게 비치고 햇살
을 받아 윤슬처럼 반짝이니 포말이 이는 듯했
다. 일렁거림에 바람길이 보인다. 바다에는 파
도가 치고 하늘에는 구름이 지나가듯 들판에
는 청보리들이 바람결에 흔들거린다.

에 필 로 그

'0'을 유지하는 삶

지천이 꽃이다. 매화가 만개했다가 꽃잎이 떨어지기 시작하니 살구꽃이 만개하고, 뒤이어 자두나무며 벚나무며 꽃망울을 터뜨리면서 봄이 왔음을 한껏 뽐내고 있다. 온 세상이 터져 나오는 생명력을 몸으로 보여주고 있는 이때, 작업을 하다 짬이 났을 때, 오며 가며, 심지어는 통화를 하면서도 틈틈이 하는 일이 있는데 바로 화단 잡초 뽑기다. 하루가 다르게 쑥쑥 자랄 잡초들의 뿌리가 아직 깊지 않고 단단하지 않을 때 화단을 잘 정돈해 두어야 앞으로 올 계절이 조금 더 편해진다. 이제 갓 생명이 움트는 시기에 뿌리째 뽑아내는 게 마음에 걸릴 때도 있지만 잡초의 생명력이 얼마나 끈질긴지 뽑아내지 않으면 다른 식물들의 영양까지 빼앗아버려 어쩔 수 없는 선택이다.

　삶의 균형을 유지하기 위해선 수축과 이완, 생성과 소멸이 적절히 있어주어야 한다. 도자기를 디자인하고 구워서

생산해 내고 정돈하는 일은, 무언가를 계속해서 만들어내는 생성의 삶이다. 계속해서 '+'를 쌓아가는 삶에 화단의 잡초를 뽑고 곁순들을 제거하고 해충을 잡아주는 여러 행위는 '−'적인 요소들로 가득 차 있다. 하지만 이런 일들은 긍정적인 결과를 불러오는 파괴적 행위이기에 결국은 '−' 같은 '+'다. 게다가 도자기를 만드는 일과는 다른 방식으로 몸을 쓰는 일이기에 몸도 오히려 이완된다. 노동 후 마시는 차 한잔까지 다디달다.

도자기를 만들어내고 화단을 가꾸는 삶.

긴장감을 갖고 작업을 하는 날과 무념무상으로 잡초를 뽑는 날.

그 사이에 함께하는 차 생활.

오늘도 열심히 작업을 하고 잡초를 뽑았다. '0'으로 충만한 나의 삶. 만족스럽다.

차를 담는 시간

초판 1쇄 발행 2023년 2월 20일

글쓴이 김유미
사진 신정현
디자인 소요 이경란

펴낸곳 오후의 소묘
출판신고 2018년 8월 30일 제 2018-000056호
sewmew.co.kr@gmail.com

ISBN 979-11-91744-20-0 04810
　　　979-11-91744-02-6 (세트)

ði: inspiration
작가노트 시리즈
....

자기만의 일을 꾸려가며 우리에게 영감을 주는 사람들,
그들의 작업노트를 들여다본다